Fabulas Mágicas

Fabulas Mágicas

"Una Aventura llena de Imaginación, Sueños y Superación Personal"

Víctor Hugo Domínguez

Número de Control de la Biblioteca del Congreso de EE. UU.:		2014902698
ISBN:	Tapa Dura	978-1-4633-7883-7
	Tapa Blanda	978-1-4633-7882-0
	Libro Electrónico	978-1-4633-7884-4

Esta es una obra de ficción. Cualquier parecido con la realidad es mera coincidencia. Todos los personajes, nombres, hechos, organizaciones y diálogos en esta novela son o bien producto de la imaginación del autor o han sido utilizados en esta obra de manera ficticia.

Este libro fue impreso en los Estados Unidos de América.

Fecha de revisión: 07/02/2014

Para realizar pedidos de este libro, contacte con:
Palibrio LLC
1663 Liberty Drive
Suite 200
Bloomington, IN 47403
Gratis desde EE. UU. al 877.407.5847
Gratis desde México al 01.800.288.2243
Gratis desde España al 900.866.949
Desde otro país al +1.812.671.9757
Fax: 01.812.355.1576
ventas@palibrio.com
604029

ÍNDICE

Víctor Hugo Domínguez

Autor de todas las Fabulas

INTRODUCCIÓN

Había una vez un hombre que tenía el sueño de escribir un libro, pero no quería escribir cualquier historia, este hombre quería cambiar el mundo con sus palabras, solo que no sabía cómo hacerlo, sucedió que un día comenzó a transformar sus experiencias de la vida en Fabulas que podían ayudar a otros a entender las vivencias diarias y a veces inexplicables, con personajes tan sencillos como protagonistas que parecía como si estuviesen esperando una oportunidad para mostrarse al mundo y ser parte de esta misión tan especial.

Poco a poco, este hombre fue interpretando el rompecabezas del destino hasta convertirlo en el libro que usted tiene en sus manos hoy, el cual concluye varias etapas que han sido parte de una evolución como Ser Humano.

Este libro y cada Fabula tiene un secreto que la hace tener un espíritu especial, porque cada una de ellas cuenta un testimonio de vida y también una esperanza diferente en cada caso, por ello es que este Escritor se siente muy orgulloso de su trabajo.

En estas páginas se encuentra una parte de mi corazón, de mi espíritu y de mi fe hacia lo que no he podido aun comprender del plan de Dios, deseo de todo corazón que el Faro del entendimiento ilumine nuestro camino.

Muchas Gracias.

Atentamente

Víctor Hugo Domínguez Torres
Escritor

DEDICATORIA

Dedico este libro a todos aquellos que han sido parte de estas Fabulas,
A Dios que me ha conferido cuidar este Don maravilloso,
A mi Madre que está en el cielo,
A mi esposa que me apoya en todo lo que emprendo,
A mis hijos que son la luz de mis ojos y
A mi querido Amigo José por creer en mí.

EL ANCIANO Y LA ASAMBLEA

Había entre el pueblo, un anciano al cual todos odiaban, pues al morir su mujer, se había vuelto a casar con otra y abandonado a sus cuatro hijos, los cuales mendigaban en la plaza del pueblo todos los días, la gente les daba para sobrevivir, pero observaban que aquel acto del entonces hombre joven, estaba mal hecho.

Muchas veces se reunió el consejo del pueblo para expulsarlo, pero algunos lo defendían diciendo que era el mejor proveedor de queso y carne y si lo echaban, no habría quien les proveyera de estas necesidades, así que por una u otra razón lo dejaban permanecer un tiempo más, hasta que un día, se volvió a reunir el consejo para deliberar el futuro del ahora anciano y decían:

El hombre que nos hemos negado a expulsar durante tanto tiempo, ahora es un viejo y sus quesos ya no tienen el sabor de antes, al igual que su carne, sencillamente ha dejado de tener ese sabor de antaño, ahora si no se negaran a expulsarlo del pueblo o ¿estamos equivocados?

La asamblea, que estaba conformada por los ancianos del pueblo, quedo en absoluto silencio, uno de ellos dijo:

"Porque no hacemos venir a sus hijos y pedimos su testimonio, ahora ya deben ser adultos y de seguro tendrán algo que decir al respecto, que sus labios dicten el veredicto".

Todos estuvieron de acuerdo y buscaron a los hijos del anciano por todo el pueblo, pero nadie les supo dar razón de ellos, buscaron y buscaron durante semanas y meses, hasta que les llego la noticia de que el anciano que querían expulsar del pueblo, estaba agonizando en su casa, entonces dijeron:

"Hay que cumplir pronto con lo establecido, saquemos a ese hombre del pueblo antes de que muera, debe ser castigado por sus actos y morir en el exilio".

Pero otro anciano dijo: "También quedo establecido que pediríamos el testimonio de sus hijos para hacerlo y si estos no aparecen ahora no importa, los encontraremos y si el testimonio es negativo para el anciano, lo sacaremos de su tumba y lo exiliaremos de su pueblo, estoy seguro que la voluntad de la asamblea y del pueblo se habrá cumplido aún después de la muerte, porque sus huesos no descansaran en esta tierra".

Un rumor llego hasta la asamblea, uno de los hijos del anciano se había convertido en un jefe de guardias del palacio real, el segundo se había hecho el consejero más importante del Reino, la hermana se había convertido en la mejor cocinera del palacio y el último de los hijos era el encargado de administrar el tesoro del Rey, el cual había crecido cien veces más en los últimos años.

Llego hasta ellos, un requerimiento para presentarse en la asamblea del pueblo en donde habían nacido, el Rey se enteró de ello y al momento mando traer a los cuatro hermanos, a cada uno le pregunto el motivo de esta requisición, pues pensaba que se trataba de cuentas por pagar o algún delito que era necesario purgar, al fin, el Rey decidió acompañarlos, para enterarse del llamado.

El día tan esperado, se encontraban los ancianos reunidos con suma confianza de que los hijos del anciano vendrían a la asamblea, de pronto, un hombre abrió las puertas y dijo:

"El mismísimo Rey viene en camino a esta asamblea y el pueblo quiere estar presente", los ancianos comenzaron a ponerse nerviosos y decían:

"No será que hemos llevado muy lejos todo esto del juicio al anciano, si no presentamos verdaderos motivos para justificar esta asamblea, el Rey nos cortara la cabeza"

El rey entro en el recinto y se presentó como tal y dijo: "Necesito estar presente en esta asamblea, ¿De qué se les acusa a mis vasallos?"

Los ancianos expusieron ante el Rey las acusaciones hacia el anciano, que habían mandado traer desde su casa y quien se encontraba muy enfermo.

El Rey dijo: "Estos trabajadores no tienen más padre que su patria, yo los encontré en un camino cercano a este pueblo y los adopte como a mis propios hijos y los dote de toda mi confianza, así, uno de ellos cuida de mis espaldas con toda responsabilidad, otro me aconseja con absoluta sinceridad, ella me cocina con el amor más devoto hacia su Rey, jamás me envenenaría ni dejaría que otro lo hiciera, mientras que aquel, ha hecho que las arcas del Reino, estén más llenas que nunca, a mí me han llenado de orgullo desde el primer día y al no haber tenido hijos, ellos heredaran mi Reino, para convertirlo en un país libre, estoy profundamente agradecido con cada uno de ellos, encontrarlos fue un milagro, sin embargo, yo no puedo juzgar a su padre por lo que hizo, que sea el corazón de cada uno de ellos el que hable hoy:

El mayor dijo: Padre, no te guardo rencor en absoluto, que sea Dios quien te juzgue.

El segundo dijo: Padre, gracias por haberme dado la vida, porque tenía un propósito, que sea Dios quien te juzgue.

La Mujer dijo: Mucho tiempo te odie por haberme abandonado, pero luego conocí el verdadero amor de un padre, el Rey nos dio un propósito para ser útiles y me hizo muy feliz, yo te perdono, que sea Dios quien te juzgue.

El último hijo dijo: Padre, perdóname por no haber venido a verte antes, tengo una gran responsabilidad en el Reino, pero siempre estuve al pendiente de ti, seguías vendiendo queso y carne, porque yo lo conseguía para tu sustento, yo no te guardo rencor, te perdono, que sea Dios quien con nuestro testimonio, te perdone.

La gente y los ancianos quedaron sin palabras, el anciano abrió sus labios y dijo:

"Su perdón me ha hecho libre, sus logros los míos, me arrepiento de haberlos abandonado, lo hice todos los días, me entere que estaban con el Rey y no quise entorpecer su destino".

El Rey dijo: "El perdón se ha hecho presente el día de hoy y ha sido capaz de hacer milagros, lleven al anciano a mi palacio, sus últimos días los pasara al lado de sus hijos.

Finalmente los ancianos habían conseguido exiliar al anciano por sus acciones, sin embargo, aquello había cambiado de rumbo, pues el perdón había hecho posible el milagro.

FIN

EL ÁNGEL DE LUISITO

NO HACE MUCHO que Luisito perdió a su madre, él tenía ocho años cuando sucedió la terrible tragedia, un año de sufrimiento anterior por la enfermedad, había ya anunciado lo inminente, pero aun ante los pronósticos, la fe y la esperanza, hacían lo que estaba de su parte, pues el corazón de Luisito le decía que su Madre estaría con el toda su vida.

El Padre de Luisito estaba muy triste y dolido por la perdida, no había otra cosa en que o en quien pensar, la mujer con la que había compartido su vida, su compañera, aquella joven de la que se enamoró alguna vez, había dejado de existir en el plano material, no había palabra que le diera consuelo.

Curiosamente, mientras el cuerpo de su Madre y Esposa no había sido despedido hacia su último lugar de descanso, un hermoso pajarito observaba hacia el interior del hogar y se esforzaba por cantar lo más fuerte que su pequeño cuerpo podía, sus alas se agitaban cada vez que Luisito volteaba la mirada, como si quisiera tener su atención, se cambiaba constantemente de lugar para estar a la vista del pequeño y aunque Luisito estaba sumido en su tristeza, este pajarito no perdía la esperanza.

Llego el tiempo de la despedida, amigos y familiares, el Papá de Luisito y Luisito, se encontraban en profundo duelo, mientras el corazón se partía, cada vez que las palas arrojaban un puño de tierra al féretro; más, aun costado de la tumba, se encontraba un hermoso rosal, sus colores eran vivos y radiantes, dentro de él, estaba el mismo pajarito que había visitado la casa de Luisito, no se cansaba de cantar y cantar, brincando al mismo tiempo de un lado a otro, con gran alegría, esperando a tener la atención de Luisito, pero nada sucedía. Rumbo a su Hogar, una perrita se acercó a Luisito, acerco su trompa a sus piernas y a sus manos y su mirada se tornó de una tranquilidad total, pero Luisito no le tomo en cuenta y siguió caminando.

Después de aquella despedida, los días se tornaban cada vez más tristes y solitarios, Luisito perdía las ganas de vivir a cada segundo, todas las noches se dormía muy cansado después de una gran sesión de llanto y tristeza, hasta que en uno de sus sueños, escucho una voz que lo cautivo al momento y esta voz le dijo:

"Luisito, no me he ido de tu lado, aquí he estado y estaré en cada momento de tu vida, cuando naciste, hice un compromiso con Dios para cuidarte siempre, más allá del tiempo y de la muerte, más allá de lo que los ojos y oídos pueden entender".

Y Luisito le respondió a su madre:

¡No es cierto!, no te he visto desde que te fuiste, me siento muy triste y solo.

Si he estado contigo, (le dijo su madre), solo que no me has podido reconocer, soy aquel pajarillo que estaba cantando a fuera de la casa, soy aquel pajarito que también cantaba junto a ti en el Cementerio, soy aquella perrita que se acercó a ti, para darte consuelo, pero tú, no me escuchaste ni observaste.

Luisito le dijo a su madre: Perdóname Mamá, no sabía que eras tú, ahora puedo ver que no me has dejado solo, que te importo mucho y que no puedo estar triste por siempre, tal vez no te puedo observar como eras antes, pero si puedo sentirte cómo eres ahora, que hermoso pacto hacen con Dios las madres, un pacto que no termina con la muerte, pues los hijos somos la luz de sus ojos.

Su madre le respondió: Se feliz Luisito, yo, te estaré cuidando.

Después de aquel sueño, Luisito dejo de estar triste y deprimido, pues en cada canto de un pajarito, mirada de un perrito, muestra de cariño de un gatito o de cualquier otro animalito, le recordaba que su madre estaba junto a él, en cada momento de su vida, así cuando sentía que la tristeza estaba a punto de invadir su corazón, Luisito se retiraba al campo y en cada sonido de un grillito o de un ave, podía escuchar las palabras de su madre, diciéndole:

¡Se feliz Luisito, yo estoy junto a ti, cuidándote!.

FIN

EL CANGREJO SABIO

HACE POCO ME encontré con un Cangrejo, me encontraba distraído mientras caminaba observando el horizonte, en una playa semi desierta, de pronto escuche una pequeña voz que me decía:

¡Oye ten cuidado!

¡Hay caray! me dije a mi mismo, disculpe usted le dije al vecino que casi piso, -

No se preocupe me dijo.

Yo también camino de lado, es mi naturaleza.

No, le dije, yo no camino de lado, yo camino hacia delante.

Y el cangrejo me respondió:

No amigo, tu estas caminando de lado como yo, porque cada vez que caminas pensando en tus problemas, entonces caminas hacia otro lado, pero jamás hacia adelante.

No me parece coherente, le dije.

No es cuestión de coherencia, es cuestión de disfrutar la vida, me dijo.

Yo disfruto la vida, le dije.

No lo haces, me dijo, pues un océano hay a tu derecha, un mar de arena hay bajo tus pies y una puesta de sol esta por suceder, pero tú solo piensas en tus problemas.

¿Y tú te das cuenta de lo que me dices a mí?, le dije.

Por supuesto, me dijo.

Yo camino de lado y al mismo tiempo voy para adelante, no importa a donde vaya, lo que importa es de dónde vengo, así lo que para unos significa que soy tonto porque camino para un lado, para mí significa que no dejo nada sin observar, mientras la vida me lleva a donde tengo que llegar.

Me parece muy bien tu mensaje, le dije.

No hay porque agradecer, me dijo, la vida es privilegio de sabios, los que la saben disfrutar no necesitan instrucciones para vivirla, solo saben que están aquí para ser felices, siente el agua salina del mar, deja que la arena te llene tus pies del placer de la libertad, observa cómo termina el día con un hermoso telón llamado atardecer.

¿Cómo puedo agradecerte por haberme abierto los ojos?, le dije.

No te preocupes por ello, me dijo, pues debo dejarte para seguir la dirección del viento.

FIN

EL CHIVO PEDAGOGO

HABÍA UNA VEZ un Chivo que era Pedagogo por puro placer, mientras los demás chivos se entretenían diciendo: beebebeeebebe, el Chivo Pedagogo estudiaba y estudiaba, constantemente repetía su caligrafía para que esta fuera mejor, los demás chivos se burlaban de él, pues le decían que solo se hacía tonto para no pedir alimento al Amo, así pues todos los demás chivos decían que él era muy holgazán, pero él no hacía caso de sus burlas y al contrario de sentirse mal, más se adentraba en el estudio de todo lo que le rodeaba. Un mal día, el Amo decidió hacer una fiesta para festejar el cumpleaños de su hijo, al acercarse al corral los demás chivos se abrieron y dejaron ver al chivo pedagogo al fondo, quien como siempre estaba estudiando las letras y todo lo que podía, entonces el Amo se quedó muy sorprendido y después de un corto tiempo se animó a preguntarle:

¿Qué estás haciendo?, el Chivo Pedagogo se quedó pensativo por un momento y le dijo: Amo, sé que el solo hecho de que yo pronuncie una palabra lo sorprenderá mucho, sin embargo la amplia educación que he recibido de los libros que han llegado hasta mi particular interés, me permiten desprenderme del temor porque usted no tome esto como una mala señal, al contrario de ello, sé que los conocimientos que poseo tanto del mundo animal como del mundo humano, le pueden ser de gran utilidad, en aras de la comprensión de ambos lenguajes, así mismo para entablar un diálogo directo que nos permita ayudarnos mutuamente como especies privilegiadas, ¿Qué opina mi bien respetado protector?

El Amo siguió sorprendido y de inmediato llamo a su mujer y a su hijo y les dijo:

Sé que lo que les diré puede parecer algo loco, pero el Chivo que esta allá, se cree pedagogo, ahora mismo acaba de hablarme en nuestro lenguaje de una forma muy particular, por favor sean testigos de lo que dice.

Su esposa y su Hijo se quedaron sin palabras, no sabían si reírse o llorar porque tal vez el Señor había perdido el juicio, pero aun con sus dudas decidieron acompañarlo, al llegar al corral el Amo se dirigió directamente al Chivo Pedagogo y le dijo: Por favor muéstrales a ellos lo que hace un momento me dijiste a mí, ¿Podrías hacerlo?

El Chivo Pedagogo permaneció inmóvil por un momento, calculando fríamente la situación y pensó:

Si pronuncio alguna palabra, la Ama creerá que es cosa de brujería y de seguro me mataría al instante, el niño me creería pero su ánimo no ayudaría de nada al ver la sorpresa de su madre, así que entro en una incógnita personal, hasta que la desesperación del Patrón lo volvió en sí, con las palabras: Por favor Chivito, di unas palabras para que mi familia no crea que yo estoy loco, hazlo por mí, porque siempre te he tratado bien; los demás chivos solo observaban aquellas escenas, mientras pensaban que estaban condenados a la horca más pronto de lo que canta un gallo por culpa de su compañero, la señora, quien ya estaba un poco desesperada le dijo a su esposo:

Te daré una oportunidad, si este chivo no dice una palabra en los próximos diez minutos, yo misma lo matare, te concederé unos momentos para que hables con él.

El amo acepto y se dirigió entonces hacia el Chivo y le dijo: No entiendo tu actitud, ¿Acaso hice algo que te molestara?, y el Chivo respondió:

No has hecho nada malo, a excepción de que yo no te pedí que divulgaras nuestro secreto, pues era un regalo solo para ti por el momento, ahora gracias a ello tu haz apostado mi vida y tendré que hacer algo al respecto, ve con tu mujer y dile que renegociaras mi vida a cambio de que ella te diga primero quien se roba tus gallinas, ella te dirá que no sabe quién fue, pero tú le dirás que hay un testigo que vio al culpable, ella te preguntara: ¿Quién es ese testigo?, tú le dirás que uno que no puede hablar, ella te pedirá entonces que hables, pero tú le dirás que ese alguien quiere que se respete la vida de todos los animales de la granja a cambio de su silencio y que además se les trate con respeto, nosotros a cambio les daremos mucha leche y jamás faltara alimento en su mesa, ella estará de acuerdo entonces te lo aseguro; pero el Amo había quedado con el interés de la respuesta y le dijo al Chivo:

¿Quién se roba mis gallinas?, y el Chivo contesto:

Cada tercer día, por la tarde llega un pequeño niño que no tiene hogar, ni padres que lo protejan, tu mujer con su buen corazón no puede dejarlo ir sin darle alimento, pero además le obsequia una gallina para que coma al siguiente día, así se han desaparecido tus gallinas, pero todo por una buena causa, ¿tú nunca has tenido un secreto que sabes que es bueno, pero que a los ojos de los demás crees que nadie lo comprenderá?.

El Amo respondió: Sé a qué te refieres.

El Amo hizo lo que el Chivo le dijo, pero además espero la siguiente vez junto a su esposa a ese niño sin hogar y ya jamás salió de aquella granja, porque ambos le ofrecieron un hogar, así, el Amo y el Chivo comprendieron que nada es casualidad en este mundo, pues Dios nos otorga un Don Especial a cada uno de nosotros, solo que depende de nosotros que lo usemos para ayudar a los demás, porque esa es la finalidad de los milagros.

FIN

EL CONEJITO CRISPÍN

HABÍA UNA VEZ un pequeño conejito llamado Crispín, este conejito tenía cuatro años, cuando supo que solamente vivía con su Mamá, Crispín no sabía lo que significaba tener un Papá, mucho menos sabía que hacían los Papás.

Cuando estuvo más grande, en la escuela, los otros conejitos se burlaban de él, pues le decían que no era capaz de merecer nada por tener esa mala suerte. Crispín, a diario lloraba en los brazos de su Mamá, pues solo a ella le contaba lo que los demás conejitos le hacían sentir y llorando le preguntaba:

¿Soy tan feo que por eso no pude tener un Papá?, ¿No merezco tener un Papá?

Pero Mamá coneja lo contentaba con juguetes y regalos hasta que Crispín se olvidaba de aquel sentimiento, sin embargo Crispín soñaba con su Papá y se decía así mismo:

Si yo tuviera un Papá me gustaría que me tomara de la mano de camino a la escuela, no me avergonzaría como lo hacen otros que no valoran a sus padres, me sentiría orgulloso de poder abrazarlo y decirle que lo quiero mucho, cuando yo sea Papá cambiaran las cosas.

Mamá coneja se sentía culpable por los problemas que pasaba su pequeño conejito, y se decía así misma:

Crispín es un hermoso regalo de mi vida, me duele verlo sufrir, ¡oh! mi pequeño conejito.

Entre tanto, sucedió que un conejo viejecito lo observaba sufrir todos los días y cansado de verlo batallar le dijo:

"Crispín, no importa en qué envase fuimos traídos a este mundo, ni tampoco quien cerró la botella o quien le puso la etiqueta, lo que importa es lo que está en el interior de la botella, el líquido es lo que refresca al que bebe de su fuente, tu eres ese maravilloso líquido, muchos vienen y te beben y dicen que estas muy dulce, otros vendrán y dirán que estas muy insípido, que no tienes sabor, pero lo que realmente importa es que tu sepas que eres especial, tu liquido es perfecto como ha sido elaborado, muchos conejitos tienen juntos a sus dos papás y no son felices, les falta algo, tú tienes la fortuna de tener a tu mamá para ti solito, tienes la oportunidad de abrazarla tan fuerte que sienta que son dos personas las que la abrazan, valora lo que la vida te está dando, no desperdicies tu tiempo pensando en lo que no pudo o no puede ser, porque el destino es quien lo decide así y está bien, sé que sabrás escoger el camino correcto"

Crispín volvió muy contento con su mamá y llegando a ella la abrazo con todas sus fuerzas, le dio muchos besos y le dijo:

Gracias por darme la vida mamacita, no importa el medio, lo importante es que estamos juntos y que yo soy muy feliz a tu lado.

Qué bueno que pienses así, pero ¿Quién te ha dicho eso?

Pregunto mamá coneja con mucha insistencia, soltando el llanto y Crispín respondió:

Un señor, un señor muy viejecito, con cara de conejo buena gente, vive al otro lado del rio, ¿no te da gusto mamá?, ya no me siento mal por no tener un Papá, soy feliz…

Mama Coneja, le dijo: Lo que sucede es que algún día cuando tenía tu edad, yo tampoco tuve papá, y un viejecito me dijo las palabras que tú me has dicho ahora, lo busque nuevamente, pero jamás lo encontré, muchos conejos me dijeron que era el alma de mi padre que velaba por su hija, ahora puedo ver que también está velando por su nieto.

Después de ese día, Crispín no volvió a ser el mismo, ahora era muy feliz, pues había dejado el luto por su padre, ahora su vida entera la dedicaba a ser lo necesario para que él y su madre, disfrutaran cada segundo de sus días.

FIN

Grillo Palillo abrio sus ojos...

EL GRILLO SOÑADOR

HABÍA UNA VEZ un Grillo, que se apellidaba Palillo. Grillo Palillo, vivía en un lindo estanque, rodeado de amigos que lo apreciaban mucho por su forma de ser, todas las tardes, Grillo Palillo se subía hasta la copa de un árbol, y desde ahí observaba el horizonte.

Un buen día su amiga la Rana, que se apellidaba Campana, Le pregunto:

Oye Grillo Palillo, ¿Por qué subes al árbol todas las tardes y vez hacia el horizonte?

Grillo Palillo le dijo a Rana campana: Lo que pasa es que siempre me pregunto: ¿Qué hay detrás de esas colinas?

Rana Campana, subió hasta la copa de aquel árbol, junto con su amigo Grillo Palillo y le dijo:

Eso es fácil de saber le dijo Rana Campana a Grillo Palillo, solo debes preguntarle a alguien que ya haya viajado hacia allá.

¿Pero a quién?, pregunto Grillo Palillo a Rana Campana.

Un ave se posó junto a ellos, se veía un poco cansada, pues parecía que había viajado mucho, Grillo Palillo le pregunto:

¿Tú has viajado hacia donde está el horizonte?

El ave respondió con otra pregunta: ¿Quién pregunta?

Grillo Palillo le dijo: Yo me llamo Grillo Palillo y ella es mi amiga Rana Campana, ¿Tu cómo te llamas?

El ave contesto: Yo soy Golondrina Madrina y soy un ave que viaja del Norte al Sur por el invierno, ahora ya ha llegado la primavera y voy de regreso a mi casa.

Grillo Palillo se entusiasmó mucho y le pregunto: ¿Entonces puedes decirme que hay detrás de esas colinas?

Golondrina Madrina le dijo: Detrás de esas Colinas se encuentra un área muy grande en donde campesinos siembran milpa, para después cosecharla y convertirla en maíz, que después sirve para hacer Tortillas, que después comen a diferentes horas los Humanos.

Grillo Palillo pregunto con más insistencia: ¿Crees que mi amiga y yo podemos ir juntos allá?

Golondrina Madrina le dijo: El camino está lleno de peligros, aun para mí que puedo volar, pero si están decididos a hacerlo, nada podrá detenerlos.

Rana Campana le dijo a Grillo Palillo: Oye Grillo Palillo, yo no estoy hecha para viajar, yo decido quedarme en mi charco a pasarla bien, aquí tengo comida y no necesito de nada.

Entonces Grillo Palillo, se desanimó mucho, pues creía que su amiga Rana Campana lo apoyaría, pero él ya había tomado también su decisión y le dijo a Rana Campana:

Yo si decido ir a ver qué hay detrás de esas Colinas, no quiero morir sin saber que fui capaz de vencer este reto, desde que recuerdo sufro por conseguir mi comida y es muy difícil vivir aquí, yo si iré, saldré mañana por la mañana.

Golondrina Madrina se sintió satisfecha de haber contestado sus preguntas y se fue con rumbo al Norte.

Al siguiente día, Grillo Palillo salió muy temprano con rumbo hacia el horizonte, en el camino, salió a su paso una gran ave y le pregunto:

¿Adónde va un amiguito como tú, tan solo?, ¿Qué no sabes que eres muy sabroso a la vista de muchos como yo?

Grillo Palillo, le contesto: Me llamo Grillo Palillo, y viajo con rumbo al horizonte, he decidido ver que hay detrás de esas colinas y nadie puede detenerme, pues no quiero morir sin haber hecho esto.

La gran Ave, le dijo entonces,¡: mi nombre es Halcón Matón, ¿qué te parece si hacemos un trato?, he visto en tus ojos la determinación que me motiva a cazar a mis presas, y sé que tienes razón, pues nadie me ha detenido nunca, te dejare partir esta vez, pero a tu regreso, después de haber visto que hay detrás de esas colinas, te devorare de un solo bocado y de cualquier forma tu vida habrá terminado, ¿estás de acuerdo?

Grillo Palillo contesto: Me parece justa tu propuesta, puesto que soy muy pequeño para luchar contigo y de seguro me ganarías, a mi regreso me comerás.

Grillo Palillo siguió su camino hacia el horizonte, enfrentando hambre y mucha sed, pero nunca perdió el ánimo, más adelante se encontró con otro animal, ya casi llegando a su destino final: Mmmmm, que rico bocadillo pareces, ¿Qué haces solo viajando por aquí?, ¿No sabes que soy el guardián de estos campos y tengo órdenes de no dejar pasar a nadie?

Grillo Palillo le dijo: Vengo de muy lejos, he viajado y estoy decidido a ver qué hay detrás de esos árboles, no quiero morir sin haberlo hecho.

El animal guardián le dijo: Yo me llamo felino minino y soy un gato que se dedica a cuidar estos lugares a cambio de poca comida, pues también me alimento de lo que aparece en estos caminos, me has caído muy bien Grillo Palillo, además acabo de comer y estoy satisfecho, te dejare pasar esta vez, pero cuando este vació nuevamente, te estaré esperando para comerte, y nadie te salvara, ¿estás de acuerdo?

Grillo Palillo le dijo: Estoy de acuerdo puesto que casi llego a mi destino, puedo sentirlo, te prometo que regresare pronto y entonces podrás comerme.

Grillo Palillo abrió sus ojos y observo una vasta región de Milpas, estaba ya muy cansado, el viaje lo había dejado agotado, subió hasta la cima de una milpa para ver si había llegado ya y algo llamo su atención: un olor que jamás habían percibido sus sentidos y dijo:

¿Qué es esto?, huele muy bien, le daré una mordida para saber a qué sabe.

Al probar Grillo Palillo el nuevo alimento, quedo fascinado, así pasaron muchos días, Grillo Palillo logro recuperar sus fuerzas y sintió ganas nuevas de vivir, tanto que decidió quedarse a vivir ahí, pues se dijo así mismo:

Ahora entiendo a mi amiga Rana Campana, aquí tengo todo lo que había deseado tener, tengo comida y agua, y aunque estoy un poco solo, me siento feliz.

Pasaron algunos meses y al ver que no regresaba su primo Grillo Palillo, otros Grillos decidieron ir a buscarlo, unos morían en manos del Halcón Matón y otros en manos del Felino Minino, pero muchos llegaron a ver a Grillo Palillo, en el paraíso que el mismo había soñado.

Así cada año, muchos Grillos salen en busca de su primo, pero ahora son tantos que se dice que devoran los campos de milpa en poco tiempo.

FIN

EL REY QUE NO CONFIABA EN NADIE

Hubo una vez un Rey que no confiaba en nadie, no confiaba en su caballo, porque creía que lo tiraría al suelo en cuanto lo montara, así que le ordenaba a sus sirvientes que se subieran primero al caballo para que el confiara en el caballo, no confiaba en su cocinero porque creía que lo quería envenenar, así que le ordenaba a sus siervos que comieran su comida primero para que el comiera después, no confiaba en su camarera porque creía que le pondría serpientes en sus ropajes y sabanas reales, así que le ordenaba a sus sirvientes que revisaran cada centímetro de su habitación en busca de animales ponzoñosos para que el pudiera dormir tranquilo, cuando había que tomar una decisión importante para el Reino, le ordenaba a su guardia personal que le diera un consejo, fuera bueno o malo el Rey aceptaba la opinión de su guardia y la convertía en decreto real, un día llego hasta su presencia un joven que estaba acusado de estafa y fraude, así que la condena por robar a un semejante fuera de la forma que fuera, era la pena de muerte, estando delante del Rey se le leyeron los cargos y antes de que el Rey pronunciara la sentencia que era esperada por todos los defraudados, el Rey concedió el privilegio de responder a los cargos, a lo que el joven respondió:

"Su Majestad, todos los cargos son ciertos, no puedo negar ni uno solo, pero antes de morir, quisiera que escuchara mis razones, hace muchos años, mi padre fue presentado ante usted por un asesinato que no cometió y usted lo salvo de morir en la horca porque creyó en su inocencia, yo era un pequeño niño entonces y crecí admirándolo a usted por su misericordia, pero ese no es el caso ahora, desde ese día, he escuchado como hombres que si son culpables se burlan de usted a sus espaldas y yo le he hecho venganza de cada uno de ellos, les he dicho que yo soy su sirviente de más confianza y que a través de mí, usted les cobraba el favor de haberlos dejado libres, sabiendo que eran culpables, así que estaban en deuda con aquella familia a la que habían dejado sin padre, así pues todos esos asesinos, violadores y delincuentes, daban lo equivalente a dos veces el daño producido, más una indemnización, pero si se negaban a hacer lo que se les pedía serian asesinados sin juicio ni consideración, además de que tenían que mejorar su conducta en el futuro, todo estos años así ha sucedido su Majestad, detrás de usted muchos se han burlado porque creen que usted no tiene carácter para ser Rey, pero yo lo he respaldado en todo momento, todas esas ganancias las he repartido entre aquellos que han sido víctimas de todos estos hombres"

Había en la sala muchos hombres que comenzaron a reclamarle con más insistencia al defraudador y le decían:

Lo ve usted su Majestad, hasta de usted mismo se ha burlado.

Pero el Rey, al contrario de pronunciar la sentencia dijo: ¿Ustedes han hecho lo que él les ha dicho y solicitado en mi nombre?

Los hombres respondieron entonces: Si, su Majestad, por eso nos sentimos defraudados, porque sabemos que no han provenido de usted esas órdenes.

El Rey quedo pensativo un momento y dentro de sí mismo dijo: Si condeno a este hombre creerán que soy justo, pero también pensaran que soy débil con mis sentencias al no respaldar lo que él ha hecho en mi nombre.

El Rey dijo a todos: Este hombre al que ustedes vienen hoy a entregar, no ha cometido ninguna falta o delito a mis ojos, él ha manifestado la lealtad que cada uno debería ofrecerme porque ustedes han abusado de mi nobleza y paciencia, de ahora en adelante, este hombre tendrá el cargo de Procurador de Justicia y tendrá desde ahora mi confianza plena, en cuanto a ustedes, serán condenados a trabajos forzados por tratar de burlarse una vez más de su Rey, a todos les he dado el privilegio de la confianza y muchos han abusado de ella, al mismo tiempo yo no confiaba en nadie, ahora me doy cuenta de que hay que saber elegir en quien se puede confiar y en quién no.

FIN

EL SAPO QUE SE CREÍA GUAPO

Había una vez un Sapo,
Que se creía guapo,
Pensaba que todas las ranas,
Caían a su paso.

Un buen día le dijo un Halcón,
Te ha llegado la hora,
De que te coma de un Jalón.

El Sapo le dijo con paciencia,
Si tú me comes,
Todas las ranas se morirán,
De tristeza.

Mejor comete a mi primo,
Que no ha salido tan guapo,
Como el Sapo,
Con el que hoy estás hablando.

Ja, Ja, Ja, se carcajeo el Halcón,
Jamás había escuchado tal insinuación,
Será mejor que te coma pronto,
Antes de que me dé una indigestión.

Conozco muchos Sapos como tú,
Y todos son iguales,
Panzones por donde quiera,
Y además muy vacilones,
Pero jamás había escuchado un Sapo,
Que se creyera tan guapo.

Si no me crees,
Pregúntale a las Ranitas,
Que a diario me visitan,
Para que les dé una sonrisita.

Me has caído bien amigo Sapo,
Demuéstrame que eres guapo,
Y no te comeré de un tajo.

Ven, Ranita, Ranita,
Que vas pasando,
Anímate a hacerme caso,
Y veras que serás la Reina,
De todos mis abrazos.

Ven, verdecita, verdecita,
Tus colores son tan bellos,
Que yo moriría por ellos,
Te vez tan chula en el charco,
Que pareces un encanto.

Que vacilón es usted Don Sapo,
Si usted quisiera, mi vida le entregaría,
Pero usted es tan coqueto con todas,
Que nos alegra verlo siempre,
Porque sentimos que nos valora.

Buscare otro Charco donde haya más Sapos,
Que no se crean tan guapos,
Al menos tú aquí haces más falta,
Que otros que solo se dedican a pasar el rato.

FIN

FÉLIX, EL ÁRBOL

Había una vez un árbol que se sentía muy solo, pues todos sus amigos y parientes habían sido cortados para fabricar muebles o para llevar calor a los hogares más pobres, este árbol se llamaba Félix, a Félix le gustaba platicar con las ardillas, con los pajaritos y con los conejos, el los apreciaba mucho, pues veía en ellos a sus amigos perdidos.

Un día, una Guacamaya muy bonita pasaba por ahí y al observar que el árbol tenía tantas ganas de vivir y además parecía ser un excelente amigo con todos, se posó sobre sus ramas y le dijo:

Hola amigo árbol, mi nombre es Rita, soy una Guacamaya y voy a ver a mis primos de la selva, pero creo que debido a la tala de los demás árboles, no encontrare muchos lugares en donde descansar.

Félix, le dijo entonces: Hace ya mucho tiempo que no tengo amigos de mi especie, yo también creí que me llevarían con ellos, pues muchos leñadores han venido a verme, pero solo oigo que dicen que no sirvo para muebles, ni para calentar un hogar, porque mis raíces están muy duras y mi interior muy verde, mi nombre es Félix.

Qué pena me da escuchar eso amigo Félix, ¿sabes?, se dice que hay una recompensa para quien sabe ser paciente y creo que tú lo has sido por mucho tiempo, tu buena disposición para quien pasa a tu lado, ha logrado llegar hasta muchos oídos de lo que fue alguna vez un bosque muy grande y hermoso.

¿De qué me sirve eso?, todo este tiempo solo he querido el bien para mis amigas la ardillas, ellas si me han ocupado como su hogar y yo las protejo de las inclemencias del tiempo, al igual que a mis amigos los pajaritos y los conejos, ellos han sabido apreciar mi corazón, pues todas la noches dejan que les cuente como esta planicie, fue hace mucho tiempo un enorme y frondoso bosque, cuando había arroyos por doquier, cuando la luna traspasaba las hojas y daba luz como pequeños candiles en medio de la oscuridad, aquello era un espectáculo digno de admirar.

Félix, se dice que también habitaba este bosque, un espíritu que cuidaba de todas sus criaturas con mucho amor y dedicación.

Si alguna vez existió, yo jamás lo conocí, pues permitió que terminaran con este bosque.

Ese espíritu soy yo mi amigo, aún tengo la misma misión de hace tanto tiempo, solo que no puedo intervenir en lo que los humanos hagan, es la ley de la naturaleza, pero aun cuido de mis criaturas, tú y tus amigos son mi razón de existir, yo te hice como eres con un objetivo, todos los que vinieran a tus pies, solo pueden observar lo que externa a los ojos tu corteza, más los que se quedan a escucharte, pueden conocer tu interior, pues es digno de orgullo y admiración, tu eres especial entre lo especial, un oasis en medio de esta oscuridad, hoy te concederé un deseo, ¿Cuál quisieses que fuera?

Y Félix contesto: Quiero volver a tener muchos amigos como yo, quiero poder observar otra vez el enorme bosque hasta donde mis ojos podían ver.

Te concederé tu deseo querido amigo.

Así se alejó la Guacamaya, después de algunos días, en la profunda oscuridad Félix observaba con mucho interés a la luna y platicando con ella, le dijo:

¿Ves aquel lugar?, ahí había muchos árboles.

Y la luna le dijo: ¿Puedes enseñarme el lugar donde había más árboles?

Y Félix le enseño el lugar a la luna.

De pronto, una Ardilla le dijo a Félix: ¡Estas caminando amigo!

Y la luna respondió: Así es querido amigo, mientras me has mostrado los lugares más hermosos de lo que alguna vez fue un bosque, haz dejado a tu paso una gran cantidad de semillas, con mi ayuda y con la de las próximas lluvias, muy pronto tendremos otra vez un hermoso bosque.

Félix, alzo la mirada y dijo: Gracias por haber cumplido mi deseo.

Y todos los animalitos dijeron: Gracias a ti Félix, todos nosotros dimos nuestro voto de hermandad para que tú fueras feliz nuevamente, así te agradecemos los momentos de felicidad que nos has regalado.

Y después de un tiempo, muchos árboles volvieron a poblar el bosque prometido, por supuesto que Félix recibió a cada uno de ellos con gran felicidad y orgullo.

FIN

LA ARDILLA VIAJERA

HABÍA UNA VEZ una Ardilla que vivía en lo alto de un gran árbol, ella sabía que tenía unas primas que podían volar pues sus brazos se convertían en alas, así que ella decidió intentarlo también, realizo varios inventos para lograr volar, pero ninguno funciono, pues constantemente caía hasta el suelo, unas veces tardaba semanas en cama recuperándose de los golpes, un día se acercó a ella un Búho muy anciano y le dijo:

He visto con curiosidad que intentas volar desde hace un buen tiempo, ¿Cuál es la finalidad de ello? Y la Ardilla contesto: Quiero conocer el mundo.

Entonces el Búho le dijo: No es necesario tener alas para conocer el mundo, con imaginación puedes hacer lo que quieras, pero recuerda: guarda todo en una mochila.

¿Para qué en una mochila? pregunto la Ardilla.

Pero el Búho retomo el vuelo y se alejó, entonces la ardilla paso otras varias semanas pensando en lo que le había dicho el Búho, una mañana se levantó con ganas de escribir, tomo una hoja y redacto: Si pudiera llegar a Paris me gustaría visitar la Torre Eiffel, si pudiera llegar a Nueva York me gustaría visitar la Estatua de la Libertad, si pudiera llegar a México me gustaría visitar las Pirámides de Teotihuacán, si pudiera llegar a Brasil me gustaría visitar el Cristo gigante, si pudiera llegar a Egipto me gustaría visitar las Pirámides, así continuo escribiendo los lugares en donde le gustaría estar algún día, entonces se dijo así misma:

Casi tengo una hoja completa de los lugares que me gustaría conocer, ahora ¿Con que medios cuento para lograrlo?, tengo bellotas que he ahorrado por mucho tiempo, tengo las ganas de viajar, pero no tengo la forma clara de cómo hacerlo.

En ese momento iba pasando un Burrito y escucho como la Ardilla se ponía obstáculo tras obstáculo para salir a disfrutar la vida y entonces, le dijo:

Oye amiga Ardilla, voy camino a las Pirámides de Teotihuacán, te puedo dar un aventón si te subes a mi espalda, ¿Qué dices amiga? ¿Pero con quien dejo encargada mi casa?, respondió la Ardilla.

Y el Burrito le dijo entonces: si sigues buscando pretextos para hacer realidad tus sueños, entonces siempre habrá uno tras otro, te propongo que en la mochila que llevas, pongas en ella todas tus preocupaciones, cada vez que sientas que las necesitas sácalas y podrás ver entonces si te sirven o no, ¿Qué te parece amiga? Ante la insistencia del Burrito, la Ardilla accedió a ir con el de viaje.

Está bien, me daré la oportunidad de viajar, dijo la Ardilla, despidiéndose al mismo tiempo de todos sus amigos y vecinos.

Por fin llego a las Pirámides la Ardilla Viajera y una vez que termino de visitarlas, estaba a punto de sacar de su mochila una preocupación, más de pronto se acercó a ella una Águila que migraba hacia Canadá y le dijo:

¿Tú también eres Turista?

Y la Ardilla respondió: si lo soy, quisiera conocer la estatua de la Libertad en la ciudad de Nueva York, en Estados Unidos.

Estas de suerte, yo voy camino a Canadá, pero puedo desviarme un poco para llevarte a conocer la estatua de la Libertad, ¿Qué dices, te llevo?, le dijo el Águila.

Y la Ardilla acepto de inmediato, así cada vez que la Ardilla Viajera terminaba de visitar un lugar, se presentaba la oportunidad de que le dieran un aventón hacia donde ella quería ir, así conoció todo el mundo y jamás tuvo la necesidad de sacar una preocupación de su mochila, pues en su último viaje decidió quedarse a vivir ahí, consciente de que había vivido su vida, con gran alegría, pues sabía que había tomado la decisión correcta.

FIN

LA BALLENA ANACLETA

HABÍA, ENTRE UN grupo de ballenas, una que había viajado al sur para ser madre, cuando nació su bebe, supo que era una hermosa ballenita, a la que tomo a bien nombrar: "Anacleta", porque así se llamaba su abuelita y la recordaba con mucho cariño, Anacleta era muy lista y tenía mucha energía, le gustaba ir de arriba abajo siempre y en ocasiones competía con sus primos, pero lo que más le gustaba, era salir a la superficie y observar a los humanos que jugaban a la orilla del mar, se pasaba mucho tiempo observando a los niños correr y construir castillos de arena, su madre le pregunto:

"Porque observas tanto a los humanos", y Anacleta contesto:

"Es que me gustaría haber sido humana", su madre le dijo que se sintiera orgullosa de ser ballena, porque son las criaturas más grandes del mar y de todo el mundo, pero Anacleta no entendió aquellas palabras y continúo soñando con tener una oportunidad para preguntarle a un humano que se sentía correr. Pasaron algunos meses y Anacleta estaba ya muy crecida, su madre le dijo que era tiempo de volver al norte y continuar con sus vidas, conocería a sus abuelos y tíos, sería muy feliz allá, así que juntas emprendieron el camino de regreso a casa, más adelante una gran tormenta las sorprendió, pero no les causaba ningún problema, pues viajaban seguras bajo el agua, de pronto, unas luces llamaron la atención de Anacleta y le pidió a su madre que investigaran que sucedía, al llegar a una distancia segura, se percataron de que un barco se encontraba en grandes problemas y estaba a punto de hundirse, la gente gritaba con mucha angustia y pedía ayuda al aire, pero nadie más que las dos ballenas los escuchaban, la madre de Anacleta le dijo que nada podían hacer, pues era el destino de aquellos humanos, pero Anacleta no estaba de acuerdo con su madre y se lo dijo:

"No estoy de acuerdo madre, intentare ayudarlos", su madre la reprendió fuertemente, pero su corazón le decía que ella podía ayudar a aquellos humanos, por fin se acercó al barco y los humanos la observaron, pensando en que una vez que el barco se hundiera, la ballena se los comería, así que comenzaron a gritar con más fuerza, el capitán, que había surcado los mares muchas veces, le pareció inusual aquella curiosidad de la ballena y sin más, le dijo:

"Amiga, nos encontramos en grandes problemas, no sé si me entiendas, pero si puedes ayudarnos, te lo agradeceríamos mucho", a pesar de hablar lenguajes diferentes, Anacleta entendió perfectamente las palabras del capitán y se acercó al barco del lado en que se estaba hundiendo y con su cuerpo lo empujo para que no le entrara el agua, la gente comenzó a gritar de alegría y le decían a Anacleta que era la ballena más hermosa y noble que jamás habían conocido, el capitán observo el faro a lo lejos y dijo para sí:

"Estamos salvados", Anacleta condujo el barco hasta un lugar seguro, en donde el agua ya no le provocaría inundarse, el capitán salió a darle las gracias y Anacleta le dijo:

"Antes de que me agradezcas por lo que hice, dime: ¿qué se siente tener piernas?, el capitán sorprendido de que le hablara, le dijo:

"Tener piernas se siente igual que tener aletas, pero más grandes, gracias por tu gran ayuda". Anacleta asintió la cabeza y se alejó del barco, su madre la esperaba para continuar el viaje, al llegar a ella, ambas se miraron a los ojos y a través de ellos, el orgullo de su madre era evidente, mientras que en la mirada de Anacleta, se mostraba un pacto de amor entre el humano y la ballena.

FIN

LA COCUANA

En mi tierra natal,
Existe un ave que es originaria de este lugar,
Sus colores son oscuros,
Y su pico del tamaño de una punta de lanza.

Por las noches de luna,
Se le escucha cantar angustiada,
Se refugia en los árboles más tupidos de maleza,
Para que nadie admire su rara belleza.

Su canto se filtra en los huesos de quienes la escuchan,
Pues entre canto y canto pregunta,
¿A cuál persona le tocara,
Ahuyentarse para siempre de este lugar?.

¿Cuál?, ¿Cuál?, ¿Cuál?,
Pregunta en la noche sin cesar,
Mientras los enfermos se refugian en sus rezos,
Pero al cabo de unos días,
Aparece el primer tieso.

Todos reconocen el aviso,
Pues cuando llega la hora,
La Cocuana se acomoda,
Y no hay creencia más arraigada,
Que escuchar la muerte más anunciada.

¿Quién te ha dado tal permiso?,
De anunciar tales desgracias,
Si los mitos son leyendas,
Aquí se vuelven creencias.

La Cocuana es la anunciante,
Del paso hacia la muerte,
Por la cual todos le temen,
Pues le asegura su propia suerte.

FIN

LA CONEJAJAJAJA

Había una vez una Coneja llamada Pelucha, a Pelucha le gustaba mucho reírse y hacer reír a los demás, todo el día se pasaba carcajeándose por casi cualquier cosa, los demás conejos se extrañaban mucho por su comportamiento y algunos de ellos se atrevieron a decir que se encontraba un poco chiflada, pero a ella no le importaban ningún tipo de comentarios, pues ella misma decía que hace algún tiempo se la pasaba muy triste todos los días, pues no tenía razón para vivir, entonces los demás conejos también la criticaban y se atrevían a decir que estaba desperdiciando su vida, entonces a ella le importaban mucho estos comentarios pues cada vez que los escuchaba se sentía más y más triste, hasta llegar al llanto inconsolable.

Pelucha estuvo a punto de dejar este mundo, hasta que una luz ilumino sus pensamientos y le hizo ver que la vida está llena de contrastes, es decir que cada quien le da el sentido que quiere darle, unos deciden por pasarse toda su vida en profunda tristeza y jamás conocen la felicidad, otros se dedican a juntar dinero y más dinero, y se olvidan de lo que significa disfrutar la brisa matutina, mientras que los más sabios entendían que la verdadera vida significa disfrutarla en todos los sentidos.

Pelucha comprendió entonces que había estado muy equivocada, comprendió que su vida había pasado como una espectadora y no como una protagonista, fue como si le hubieran echado un balde de agua fría, sintió un escalofrío que le recorrió todo su cuerpo, sintió una sensación de alegría mezclada con una felicidad incontrolable, aquel día la Pelucha despertó por primera vez a la vida, comenzó a reír y a reír, se dijo así misma que de ahora en adelante disfrutaría la vida al máximo.

Conocí a Pelucha un día en que me encontraba un poco triste, ella vino a mí y me abrió su corazón, me dijo que la vida no es para los que sufren y no se dan cuenta que son afortunados por estar vivos, ella me dijo que alguien se dedicó a construirme con mucho amor y dedicación, me dio dos ojos para poder observar los colores de la naturaleza, me dio dos pulmones para respirar el aliento del viento, me dio dos piernas para recorrer las nubes del camino, pero sobre todo me había dotado de un corazón que latía con gran orgullo y amor, todo mi ser estaba construido para explotar la felicidad que está al alcance de un "Si puedo hacerlo", me dijo que no necesito un manual de instrucciones para vivir, sencillamente debes nacer por primera vez.

Entonces comencé a sentir una corriente que recorría todo mi cuerpo, sentí como si me hubieran dado una potente descarga eléctrica que hacia latir mi corazón con un despertar de conciencia y Pelucha comenzó a reírse nuevamente, aquel lugar se tornó de una alegría mágica, singular, autentica y apasionada, natural e insabora, pero muy agradable, por unos momentos me contaba chistes y más chistes, luego cambiaba de tema y recordaba hechos graciosos que le habían sucedido, como cuando una vez le hizo honor a su nombre, pues se encontraba tomando el sol cerca de una parador de tienda, unos niños se acercaron a ella y les dijeron a sus papas: ¡Papá, Mamá!, queremos que nos compren ese peluche de coneja, además queremos una que también parezca que se respira, entonces Pelucha comenzó a estirarse, los Papas dijeron entonces que de ninguna forma comprarían un peluche de coneja, pues de seguro saldría muy cara, ¡imagínense!, debe ser lo último en tecnología, un robot muy avanzado, entonces Pelucha se reía y se reía, y yo junto con ella, siempre le agradeceré sus consejos y risas, pues todos ellos cambiaron mi vida para siempre, por eso ella me permitió bautizarla como: la Conejajajaja.

FIN

LA HOJITA FELIZ

HABÍA UNA VEZ una pequeña hoja que recién acababa de nacer de la rama de un frondoso árbol, este árbol estaba un poco deprimido pues hacía ya muchos años que lo colocaron en el centro de aquel parque por su inigualable belleza pero había perdido las ganas de vivir, la gente dejo de acudir a su sombra pues las parejas decían que el árbol perdió la chispa que los llamaba a compartir su amor con él y decían que algo había cambiado.

La hojita, con una voz muy tierna le dijo a la rama que la sostenía: ¡Hola Mami, te quiero mucho!

Y la rama contesto: Yo no soy tu mamá, todos somos parte de este gran árbol, él, es en todo caso nuestro padre.

Y la hojita contesto: Aaaah, entonces ¿Cómo puedo llamarte?

Puedes llamarme amiga, bienvenida pequeña, Dijo la ramita.

¿Y qué hacen las hojas?. Pregunto la hojita.

Mmm, jamás me había puesto a pensar en eso, todo el tiempo estoy rígida, cumpliendo con mi función de sostener a muchas hojitas como tú, pero no sé qué hacen las hojitas, interesante pregunta, espera un poco, lo investigare, dijo la ramita.

Hola, ¿Cómo te llamas hermana?. Le pregunto la hojita a otra hoja mayor.

No debes hablarme, escuche lo que le decías a la rama y me parece que eres una pequeña atrevida, ni siquiera mereces mi saludo, tu deber es quedarte callada y moverte conforme lo diga el viento, no debes andar preguntando de aquí o allá lo que debes hacer, aprende esta lección niña.

Y la pequeña hojita se soltó en llanto, pero la voz de la rama le dijo:

¿Qué te sucede amiguita?

Es que me dijeron que mi deber es no hacer nada y no me parece justo, tengo muchas ganas de ser feliz y estar quieta no me hace feliz, sniff, sniff.

Y la rama le dijo: No te preocupes amiguita, aunque tampoco te traigo buenas noticias, he preguntado cuál es tu función como hoja, pero no he obtenido respuesta, la voz sabia del árbol esta callada desde hace tiempo, pero no creo que tu único deber sea estar quieta, como no sabemos cuál es tu verdadera función, puedes comportarte y ser como tú quieras ser, después veremos que sucede, ¿Qué te parece?

¡Muy bien, gracias, hare lo mejor de mi esfuerzo para ser feliz!, Dijo la hojita.

Entonces la hojita comenzó a sentir unas inmensas ganas por preguntar a todas las demás hojitas y ramitas su nombre y su sueño en la vida, pero al no poder moverse, le dijo a la ramita:

¿Podrías hacerme otro favor amiga rama?

Si claro, con mucho gusto. Dijo la rama.

Quiero alcanzar aquella rama de allá, para hacerle unas preguntas a ella y a sus hojitas, ¿me ayudarías?

La ramita impulso a la pequeña hoja hasta la siguiente rama, muchas hojas habían permanecido quietas y calladas casi desde su nacimiento, pues la voz que decía que debían que quedarse inmóviles, había causado tal efecto incomprensible para la hojita, cada una de la hojas de la rama fue respondiendo a las preguntas de la hojita, entonces sucedió que todas las ramas y las hojas de aquel árbol, comenzaron a moverse sin que hubiera viento de por medio pues descubrieron la forma de comunicarse unas con otras, pero no termino ahí…

La gente que ya ni siquiera volteaba a ver el árbol, se asombraba de lo que sucedía con él, pues se movían de lado a lado sus ramas y hojas sin que hubiera viento y dijo el árbol:

¿Quién ha hecho esto?

Y la hoja que le había dicho a la pequeña hojita que se quedara quieta, le dijo al árbol: Padre, esta pequeña hoja es la causante de todo este desastre, le dije que se quedara quieta, tal y como se lo he dicho a todas desde hace un tiempo, pero no me entiende ni hace caso, ahora todas las hojas y ramas te han desobedecido y hacen lo que quieren, sé que no es justo.

Y el árbol enojado, dijo: ¡Yo jamás ordene que se quedaran quietas!, ahora veo porque estaba muriendo, mi alegría se había terminado y no sabía porque motivo, sus movimientos me han vuelto la felicidad, pues siento cosquillas cada vez que se mueven de aquí para allá, jojojo, gracias hijas mías, las amo de verdad, de ahora en adelante no permitiré que nadie les diga que hacer, ustedes son libres y su felicidad es la mía, adelante, platiquen entre ustedes, dancen, canten, jojojo… lo verde de su corteza es mi razón de vivir.

Y, dirigiendo su mirada a la pequeña hoja, le dijo: aun siendo la más pequeña de mis hijas, me has enseñado la lección más grande, gracias pequeña.

Al poco tiempo, las parejas regresaron bajo la sombra del árbol, para hacerlo nuevamente cómplice del amor pues decían que nuevamente y cada vez que el árbol se movía, podían sentirse vivos, justo como si la felicidad del uno, fuera la felicidad del otro.

Así que muchas parejas, un día se reunieron y le colocaron una placa bajo sus raíces, que decía:

"Futura pareja, este árbol no es cualquier árbol, es conocido por todos nosotros, como el árbol que provee la felicidad mágica, sean ustedes dignos de su misión".

FIN

LA HORMIGA ANGUSTIADA

Una Hormiga que es mi amiga,
Me dijo que estaba cansada de cargar comida,
Dice que diario camina muchas millas,
Hasta llegar a su nido, sin recibir a cambio ni un suspiro.

Deje que hablara mi amiga,
Ella se quejó y se quejó,
Mientras lloraba a grito abierto,
Por tanto trabajo y calor.

Llego mi turno de hablar,
Le pedí que me escuchara,
Pues todo en la vida es trabajo,
Hasta que uno mismo encuentra la cura.

Hay que vivir la vida le dije,
Canta mientras trabajas,
Sueña mientras cargas,
Y baila mientras haya baile.

Cargar es tu destino,
Granos de maíz, de arroz y frijol chino,
Eres grande por fuera y por dentro,
Tu raza sin ti no seria, la poderosa legión,
Que a sus enemigos ahuyenta.

FIN

LA IGUANA ORGULLOSA

Una iguana bien portada,
Salió a tomar el sol en la arbolada,
Mientras subía,
Ella misma se decía,
Qué bonita y que preciosa,
La sombra de la iguanita,
Tan hermosa y primorosa,
Que se confunde con las rocas.

Arrugada es mi espalda,
Enormes son mis garras,
Escamosa la piel tengo,
Mientras mi corazón me ama por dentro.

Allá esta mi prima,
Comiéndose una mandarina,
Allá esta mi tía,
Comiéndose una sandía.

Vivimos felices en un Huerto,
Compartimos la comida,
El sol y el parentesco.

Mi cola se columpia con orgullo,
Pues a lo lejos parece hacerme más grande,
Como Godzilla sueño verme,
En una película de acción algún día.

Nos posamos diario al sol,
Como símbolo de respeto y amor,
Caminamos lentas,
Pues para disfrutar la vida,
Hay que hacerlo sin prisa y contentas.

LOS CAPIBARA

HABÍA UNA VEZ un capibara, este capibara se llamaba Ika, ika tenía la edad de dos años cuando llego el reto de su vida. Los capibara son criaturas muy nobles, amables y sencillos, solo se concretan a jugar, nadar, comer y por supuesto a protegerse unos con otros de sus depredadores.

Un día un capibara se acercó a mí y me dijo: "Soy afortunado de haber nacido Capibara pues no tengo rencores en mi alma, vivo mi vida feliz y el mundo se mueve de todos modos, mi corazón late con amor hacia el creador que me vio nacer en esta especie". Ika, luego de tomar un descanso fuera del agua, se dirigió hacia su manada, estando ahí, su madre se dirigió hacia él y le dijo:

Hijo, es tiempo de que tomes tu propio camino, tu padre ya me ha dicho que tienes que formar una nueva familia, en donde tú seas el líder y yo también estoy de acuerdo.

Ika se sorprendió por la petición de su madre, pues él sabía que ayudaba con las labores de su familia, se encargaba de vigilar en lo alto si no se acercaban depredadores, traía comida de los pastizales cercanos para sus pequeños hermanos y por sobre todo los amaba, pero definitivamente Ika sintió que ya era un estorbo para su familia, así que con tristeza y decepción, Ika abandono su hogar esa misma noche.

Ika, ¿Adónde vas?, No lo sé primo, mi familia me ha dicho que ya no puedo estar con ellos y voy en camino hacia un nuevo pantano, pero no sé para donde caminar.

Que tengas mucha suerte Ika, mi familia aún me ama y sé que jamás me dirán lo que te ha dicho a ti tu familia, porque saben que aun necesito de ellos.

Gracias primo, ojala que algún día nos volvamos a encontrar.

Ika continuó su camino hacia el Sur muy triste, imaginando una infinidad de motivos por los cuales su familia ya no lo amaba, así pasaron dos días de camino, sin probar un solo alimento, pero con el ánimo aun para seguir viviendo, más adelante Ika, observo a un animal un poco singular y su curiosidad lo llevo hasta encontrarlo de frente.
¿Quién eres tú?, pregunto Ika.

SSSPPP, yo soy una Anaconda, me llamo Caverna, pues una vez que entras a mi hocico, jamás volverás a ver la luz del día, SSSPPP, ¿Por qué estás tan solo?

Lo que sucede es que mi familia me ha dicho que no quieren verme entre ellos y he decidido emprender mi propio camino, pero estoy muy triste por ello.

SSSPPP, yo no le vería la tristeza, cuando menos tú tuviste a tu familia más tiempo que yo, pues mi madre solo se concreta a poner sus huevos y una vez que nacemos, tenemos que valernos por si mismos desde el primer día, completamente solos, a eso se le llama instinto.

No lo sabía Caverna, siento mucho que así suceda.

No tienes porque amigo, la naturaleza es muy sabia y a cada quien nos reserva un futuro diferente, al igual que las oportunidades para sobrevivir son las mismas para todos, solo que depende de cada uno, el camino que quiera tomar.

Que buen consejo me has dado Caverna, te estaré por siempre agradecido, ahora se está haciendo tarde y tengo un poco de sueño.

Espera, no me has dicho tu nombre.

Me llamo Ika y soy un Capibara.

Si, conozco la especie que eres, sabes yo tengo un poco de hambre y tú eres parte de lo que yo consumo a diario.

¡Aléjate de él Caverna, déjalo tranquilo o entre todos te daremos una paliza!

Vaya, pero si es la valiente Tira, SSSPPP, está bien, lo dejare tranquilo pero solo porque es muy joven y aún tiene cosas que aprender, veremos si dentro de un año está dispuesto a enfrentarme sabiendo quien soy, entonces tu o tu manada no podrá salvarlo.

¿Manada?, ¿Vienes con una manada?

Así es, mi nombre es Tira ya al igual que tú, también soy una Capibara, ¿Cómo te llamas?

Soy Ika y vengo de rio arriba.

Ika, hay muchos peligros por aquí, ¿Qué haces tan solo caminando por el pantano?

Lo que sucede es que mi manada decidió que ya era tiempo de tomar mi propio camino y aquí estoy.

Guauu, jamás había escuchado algo parecido, pero ven conmigo, te presentare a mi familia, ellos estarán contentos de recibirte para que descanses.

¿Quién es el Tira?, ¿Viene a retarme para quedarse con esta manada?

No Papá, él es Ika y viene de rio arriba, está muy cansado y siendo de nuestra misma especie, creo que debemos ayudarlo.

Solo es eso Tira ¿O Ika te ha impresionado?

Mamá, como puedes decir eso enfrente de él, lo que sucede es que Caverna estuvo a punto de devorarlo y yo le ayude, además puede ayudarnos en nuestras labores, mientras decide que hacer ¿no crees?, Bien Tira, si ya lo has decidido está bien, mañana le asignaremos un trabajo dentro de la manada.

Por fin, Ika había llegado a una nueva manada, pero Ika desconocía totalmente la forma de trabajar de esta nueva manada, así que desde el primer día, decidió trabajar en lo que ya sabía, antes de que le asignaran una tarea y sucedió que en la terrible oscuridad, Ika escucho algo: Guuuap, guuuap, guuuap

¿Qué sucede?, ¿Escuchaste algo Ika?

Sí señor, sé que hay algo detrás de esos matorrales y sé que está apunto de atacarnos.

Ika estaba seguro de lo que había observado.

Bien, ¡todos despierten, debemos estar alerta, evacuemos por esa zona a la familia, Tira lleva a tus hermanos hacia aquel claro, pronto!...

Ika y el Papá de Tira se acercaron hacia un pequeño risco que daba hacia un pantano profundo, y estando ahí, esperaron pacientes... Guuuarrrrr,

¡Corramos ahora!

Al momento que Ika y el Papá de Tira se hicieron a un lado, un enorme Tigre llamado Garras cayó hacia lo profundo del pantano y justo ahí el Cocodrilo llamado Mandíbulas, lo atrapo para devóralo.

Ika quedo como un gran Héroe entre la manada, pues nadie nunca había podido enfrentar y derrotar a Garras, cuando Garras atacaba, siempre un pariente tenía que morir, pero ahora eso ya estaba en el pasado, pues Ika había llegado para acabar con los enemigos, así pasaron unos meses y cada día Ika les enseñaba como enfrentar a sus enemigos conocidos, hasta que:

Tira, hemos observado tu padre y yo, que Ika te parece muy interesante desde que llego a nuestra manada, te has encargado de hacerlo sentir como en casa y él te ha correspondido muy bien, al igual que con toda la familia, así que tu Padre y yo te damos nuestro consentimiento para que ambos formen una nueva familia, ¿Qué dices al respecto hija?,

Gracias Mamá, amo a Ika y sé que él me ama a mí también. Así, Ika y Tira se alejaron de su manada para formar una nueva familia, una familia de Capibaras.

CONTINUA... La Leyenda de Ika, El Capibara

LA LEYENDA DE IKA, EL CAPIBARA

El Capibara, familia de los roedores con sus dientes afilados, gigante en estatura, su pelo muy tieso y su corazón muy noble.

El Capibara es mi animal favorito, pues con su mirada tierna e inocente participa y resulta ganador de entre las especies más representativas de la sincera amistad.

Ika, había madurado en su aspecto y confianza, se convertía en un Líder, junto con su esposa Tira, tenían ya una gran familia de Capibaras, todos vivían cerca de un arroyo que Ika y Tira conocían muy bien, todos los días llegaban muy temprano al arroyo para beber agua y consumir la vegetación que crece en los alrededores.

Dentro de las historias que circulaban por los pantanos, había una que a todas las especies preocupaba, por igual a los hipopótamos, cocodrilos, garzas, flamencos y demás animales que dependen del agua de ese arroyo, conocían la Profecía por medio de sus antepasados, que decía que algún día muy cercano, este y todos los arroyos de la región, se quedarían secos trayendo consigo soledad y muerte, pero nadie sabía cuándo sucedería, pues año con año, las lluvias siempre llegaban a tiempo trayendo vida a través del preciado líquido.

Sucedió un día que los ancianos del pantano, alertaron a todas las manadas, diciendo que el temporal de lluvias ya había pasado del tiempo normal de espera, lo que significa que el tiempo para que lloviera ya había pasado, por lo que con temor aceptaban que la Profecía se estaba cumpliendo al fin, pero dentro de esta profecía, había un elegido, una especie tan humilde, noble y sencilla que por su propio aspecto seria increíble que los llevara a una nueva era de prosperidad y armonía, así que todos los animales estaban muy confundidos y con mucho temor por morir de inanición, nadie se adjudicaba ser el elegido, primero murieron los animales más ancianos, uno a uno fueron cayendo por hambre y sed.

Ika, se dirigió a su familia y les dijo: Tira, hijos, es tiempo de abandonar nuestro tranquilo hogar, para buscar otro en donde tengamos agua y comida, pues muy pronto nos alcanzara la muerte, así que será mejor intentarlo, vamos todos, hagan una sola línea y no salgan de ella por ningún motivo.

Ika, ¿Estás seguro de lo que vamos a hacer?.

Si Tira, nosotros debemos ver por nuestra familia, si los demás quieren morir, entonces será su problema, alguien me dijo alguna vez que debemos seguir nuestro instinto y ahora es tiempo de ponerlo en marcha.

Tira, que era de corazón muy noble, se acercó a su amiga la Hipopótama y le dijo: Mirna, mi esposo y yo estamos a punto de salir en busca de un nuevo arroyo, si quieres tu familia también puede ir con nosotros a cierta distancia, pues Ika es fuerte de corazón a simple vista, pero detrás de ese escudo, hay un Ika que sé que brilla por su nobleza, así nos conducirá a donde hay agua y alimento.

Pero Mirna no guardo el secreto y luego de unas horas, todas las manadas sabían que una familia estaba a punto de intentar una gran hazaña, así que unos a otros se preguntaban: ¿Un Capibara?, es ridículo, pues todos sabemos que no son muy listos, se pasan día y noche comiendo hierbas, nosotros no iremos, decían los flamencos, mientras que los más crédulos de la Profecía, no les quedaba la menor duda de que un animal sencillo, humilde y de aspecto insignificante los llevaría hacia tierras más prosperas y ese animal estaba claro que era el Capibara Ika, por haber tomado la iniciativa antes que nadie.

Ika se dispuso a caminar en una mañana muy soleada y junto con su familia emprendió el viaje hacia lo desconocido, después de un día, Ika noto que alguien los seguía y tomando las medidas necesarias, dio la voz de aviso a su esposa e hijos, pero Tira se dirigió a él y le dijo:

Te he desobedecido Ika, pues no podía dejar que mi amiga Mirna muriera de hambre también, así que le he dicho que nos siga de cerca, hasta encontrar un nuevo arroyo.

Ika entonces se puso furioso y le dijo a Tira: Se lo que te he dicho y porque lo he hecho también, esta es una aventura de la cual no sé si saldremos vivos los capibara y tú has dejado que alguien más corriera el mismo riesgo, aun sabiendo que tal vez no tengamos suerte en lo que buscamos, desde un principio no quise tener la carga que ahora tú me has impuesto, pero ya es tarde, llámales y diles que seguiremos junto este viaje, así por lo menos entre todos nos acompañaremos.

Ika quedo sorprendido cuando una especie tras otra llegaban junto a él y a una sola voz le decían: Sabemos en nuestro corazón que tú eres el elegido y nos llevaras hasta la salvación.

Ika les dijo entonces: ¿Cómo pueden decir eso?, soy un Capibara, mis expectativas son sencillas y nada ostentosas, solo buscamos agua y comida y ¿ustedes me dicen que por eso soy el elegido? Se trata de sobrevivencia nada más, algo me dice a mí que había que caminar para salir adelante, porque si nos quedamos en un mismo lugar, entonces si moriremos por confiados.

Entonces un Ciervo hablo: Ika, ciertamente sabemos que eres un Capibara, pero a partir de hoy, mi manada está a tus servicio, porque vemos en ti, al líder que nos ofrece algo que tu corazón sabe que encontrara, lo que nadie de nosotros siente, así que por ahora, tú tienes nuestro corazón en tus manos.

Ika entendió entonces que el destino de todas esas criaturas estaba en sus manos o patas más bien dicho, entonces sintió miedo y se alejó de los demás para meditar un poco acerca de la responsabilidad que tenía.

Ika recordó entonces las palabras de su madre: es tiempo de que seas un líder de tu propia manada: estás listo para hacerlo… y las palabras de Caverna también retumbaban en su cabeza diciendo: todos tenemos las misma oportunidad de tomar un buen camino, solo que hay que elegir bien, después, las palabras de los padres de Tira diciéndole que su hija no estaría en patas mejor que las de Ika y por último, el silencio de Tira, que desde siempre ha confiado en su liderazgo como cabeza de familia, así que Ika, tomo fuerza de cada una de estas palabras y salió con una mentalidad diferente e indestructible.

Ika se refirió a todos y les dijo: ¡Iremos hacia el Norte, pues de ahí vienen las nubes que nos han traído agua, es muy probable que el agua haya llegado hasta ahí, sigamos entonces! Mientras la multitud avanzaba, otras especies se les unían y la leyenda aumentaba, así al cabo de dos días, un mensaje le llego a Tira y entusiasmada le dijo a Ika: "Mis padres y mis hermanos han sabido que tú nos guías y están muy orgullosos de que sea un Capibara de la familia el que lo hace".

Más adelante Ika, reconoció el lugar y reconoció que ahí había vivido su infancia y adolescencia, pero no observo a su familia, así que con tristeza siguió avanzando, entonces rodearon una zona muy espesa de una selva, en donde se decía que había tigres del tamaño de un elefante, pero en medio del camino, salió al paso uno de ellos y directamente se encontró con Ika y le dijo:

Tú debes ser Ika, el Capibara, por favor deja que te acompañemos mis cachorros y yo, pues no hemos bebido agua desde hace ya muchos días, sabemos que tu conduces a estos animales hacia un nuevo arroyo, así que te pido que nos dejes seguirte, te pagaremos con protección, en caso de que algún animal quiera hacerte daño.

Pero Ika, fue más allá y mientras los demás animales le gritaban que no lo hiciera, Ika le dijo al Tigre:

Quiero que tu promesa se prolongue hasta la tercera generación de tus cachorros, así dejaras que todos logremos expandir y conservar nuestra especie, ¿estás de acuerdo?, podrás cazar, pero fuera de nuestra reserva.

Tienes mi palabra Ika.

Así, los demás animales quedaban sorprendidos por la forma de negociar de Ika, pues sin ninguna agresión lograba hacer pactos de vida, fue más adelante cuando se terminó la selva y se encontró con otro grupo de animales, pero no distinguió a nadie por lo grande, pero finalmente se unieron también al grupo de Ika, de repente una voz conocida se acercó a Ika y le dijo: Sabíamos que estabas destinado a ser algo grande, Capibara.

¿Mamá?, ¿Eres tú? Si Ika, tu nombre circula por toda la región y nos llena de orgullo que seas un Capibara, tu padre está allá atrás y me ha pedido que te de sus felicitaciones, por tu hermosa familia.

Pero Ika, le dijo entonces: Mamá, aun no sé si los llevare hasta un nuevo arroyo, solo sé que todos han puesto su confianza en mí y tengo miedo de fallarles.

Hijo, tener miedo es normal, piensa que tú has iniciado esto y aunque tu faltes o falles, tu determinación quedara en el recuerdo de todos los que confiamos en ti y entonces todos sabremos que no nos fallaste porque nos has cambiado.

Al cabo de veinte días, en el horizonte se dibujó una oscura inmensidad, de pronto todos los animales entraron en temor y unos a otros se preguntaban si estaban haciendo lo correcto pues aquello parecía el fin del mundo.

Pero Ika, continuó su camino y les dijo: Aquello es nuestra salvación, estamos a un paso de lograrlo, algo me dice que está cerca nuestro destino, confíen en mí y lo verán.

Ya más por resignación que por ganas, todos los animales decidieron dar su último aliento para saber a qué se debía tal oscuridad.

De pronto un sabor conocido llegaba a sus sentidos, mientras gotas de agua comenzaban a mojar sus pelajes, Ika había tenido razón, el temporal había alcanzado a llegar a cierta área del rio y de los pantanos, su viaje había terminado, pues llegaban hasta un inmenso rio que les proveería de sus necesidades más exigentes.

Ika, quedo en el recuerdo de cada corazón presente como el Elegido que los llevo hasta un nuevo paraíso no solo de agua y comida, sino también de un nuevo nivel de amistad entre todas las especies.

FIN

LA MISIÓN DE LA CHICHARRA

HAY UN LUGAR muy peculiar en donde sucede la magia y los milagros, un punto de reunión de unos hermosos insectos típicos que llegan antes de la temporada de lluvias, con la consigna de pedir al cielo por un buen temporal de lluvia, estos preciosos insectos son llamados por los ancianos: Chicharras.

Sucedió que en una reunión hace muchos siglos, nacieron de la tierra un par de Chicharras, en la tierra hacía tiempo que no llovía y los nativos no sabían cómo pedirle al cielo la lluvia, así que el gran Creador les dijo a estas criaturas:

"Ustedes tienen la misión de pedirme el agua cuando el hombre se olvide o no sepa hacerlo, su vida será muy corta pues morirán en cuanto caigan las primeras lluvias, pero habrán hecho lo correcto, pues ayudaran a conservar el pacto entre el cielo y la tierra, vayan a cumplir con su tarea hijas mías".

Las nuevas Chicharras aceptaron con gusto la misión, pues su nobleza proviene del corazón, su trato con el mundo es eterno y natural, pues nacen de la tierra como una profunda necesidad, la tierra produce sus fieles intérpretes cuando siente que está perdiendo la humedad que ayuda a producir la riqueza natural. Así pues, todas las tardes las Chicharras salen a cantarle al cielo, por medio de sus patas y alas, una poesía que se convierte en canción y que dice así:

"Señor, tu nos creaste con una misión, Alegría produce en nuestro corazón, Ayudar al hombre producto de tu creación"

"La lluvia nos hace falta, Te suplicamos nos la envíes, En tu infinito amor, Confiamos ciegamente"

"Renueva la faz de la tierra, Gota a gota llenándola de vida, Pues al beberla,
Te bebemos a ti,
En la intimidad más perfecta"

"Tacatacatacaiiiiiiiiiii, Cantamos alegres, La canción que tú nos enseñaste,
Con un corazón alegre"

Así, cada vez que escucho el cantar de una Chicharra, sé que hay una voz que se preocupa por pedirle al cielo la lluvia, un pequeño insecto que tiene la noble misión de ayudarnos en una necesaria tarea, quien fuera Chicharra para cantarle a Dios ese mensaje de esperanza, quien fuera como ese humilde e insignificante insecto que para muchos no tiene voz ni voto, porque no saben valorar a la naturaleza, su misión es nacer de la tierra, cantarle al cielo con todas sus fuerzas para que caiga la lluvia y morir con la cabeza en alto, por el lugar que les da año con año la existencia.

FIN

LA MOSCA SIN VERGÜENZA

Había una vez una Mosca muy terca,
Que se paraba sobre la comida,
Se bañaba sobre la sopa,
Y se paseaba entre las tortillas.

Volaba de arriba abajo,
Libre como el viento,
Sus alas papaloteaban,
En una curiosa huida.

La Hormiga preocupaba por su suerte,
Le pregunto con cautela,
¿No tienes miedo de que te maten en la cazuela?

La Mosca replico con autoridad,
Soy dueña de lo que tu vista puede ver,
Mis dominios son los cielos,
Y la comida es mi pasión.

No hay matamoscas que me domine,
Mucho menos que me mande al panteón,
Mis patas me piden alimento,
Y yo solo me dedico a darles sustento.

Todos tenemos una misión,
A ti te toca andar sobre el piso,
Acompañada de una legión,
Se protegen unas a otras,
Mordiendo al patrón.

Mientras que mi vida es solitaria,
Y solo me queda huir hacia la nada,
Para salvar la vida,
Aun así, soy la Reina de la mermelada.

Adiós Hormiga,
Me despido con alegría
Pues ya es hora de encajar la mordida
En aquella hermosa sandia.

FIN

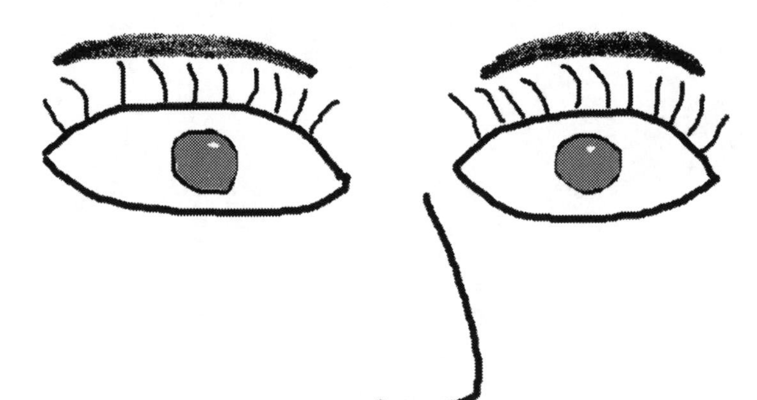

LA PRINCESA DE LOS OJOS MÁGICOS

HABÍA UNA VEZ una princesa que tenía un hermoso don, todos los días salía de su balcón a contemplar la puesta del sol y la llegada de la luna, cuando se llevaba a cabo el cambio de astros, sus ojos se iluminaban de tal forma que a lo lejos se podía observar el resplandor que emitían, todos los servidores del reino se reunían en la plaza para contemplar aquel milagro, pues entre ellos creían que la princesa era hija la hija del sol y la luna y que al estar presente en sus ausencias y llegadas, la princesa era bendecida con un don, el don de los ojos mágicos, pues todo aquel que la observaba a los ojos, quedaba maravillado por la profundidad y tranquilidad que irradiaban e incluso muchos afirmaban que en varias ocasiones la princesa hablaba a través de ellos sin pronunciar ni una sola palabra, su mirada penetraba en lo profundo de los corazones, logrando manifestar sus anhelos de paz en todo el reino, pero a pesar de tanta bondad de la princesa y de toda la alegría que daba a su reino, la princesa estaba enferma de un padecimiento que nadie conocía entonces, pues horas antes de ponerse el sol y llegar la luna, ella caí rendida de cansancio en su cama, nadie podía despertarla a pesar de intentarlo, solo se observaba un rostro de sufrimiento que contagiaba a sus sirvientes, pues el tiempo que duraba postrada, sus sirvientes permanecían junto a ella en espera de un milagro, mandaron traer a los mejores aprendices de medicina en el reino, a los brujos y brujas, a los curanderos y curanderas, pero nadie sabía cómo devolverle la salud, los servidores actuaron en su desesperación y ordenaron traer a un sabio de tierras muy lejanas y al cabo de varios días se presentó en el castillo, traía en su manos una rosa mágica, los servidores de la princesa hicieron que el sabio entrara hasta la orilla de su cama, no era tarde y la princesa se encontraba postrada en su cama, su padecimiento empeoraba a medida que transcurrían las estaciones del año, el sabio solicito quedar solo con la princesa por unos minutos, a fin de determinar el origen de su enfermedad, los sirvientes obedecieron y los dejaron solos, pero entre ellos murmuraban: amamos demasiado a nuestra princesa como para dejarla sola en manos de un extraño, yo me quedare escondido detrás de su cama, dijo un sirviente y así sucedió, las puertas de la recamara de la princesa se cerraron con cerrojo por dentro y por fuera, así pasaron varias horas, la gente del reino se reunió en la plaza, para esperar noticias de su amada princesa, pero nada sucedía, después de varias horas, el sabio salió de la recamara real y dijo:

"La princesa fue hechizada desde su nacimiento, su mal proviene de un conjuro que pronuncio una bruja que odiaba al Rey, ella estuvo aquí hace poco tiempo, cuando se mandaron traer a diferentes curanderos, brujos y médicos para diagnosticar a la princesa, y estando cerca de ella termino de pronunciar su conjuro para que la princesa empeorara, pero hay un remedio, el día de hoy habrá un eclipse solar y la princesa tiene que estar presente, su salud depende de ello, el conjuro no puede ser quitado, pero si se puede lograr que no le afecte tanto, después de este día, la princesa tendrá que observar cada puesta de sol, tal y como lo hacía antes, con la diferencia de que ahora tendrá que ser para siempre, el sol y la luna escucharon sus suplicas y decidieron ayudarla, cada vez que la princesa observa la salida del sol y la llegada de la luna, a través de sus ojos se iluminara la esperanza de todo un reino, todos sus sirvientes tendrán que estar presentes en ese momento especial, porque todos habían decidido ser parte de ella y cuando las nubes se acerquen en el momento de la puesta del sol, una luz abrirá los cielos para poder observar el milagro, la princesa seguirá cayendo en cama a la misma hora, pero con una diferencia, ahora se observara alegría en su rostro mientras duerme, el sabio dejo el reino, colmado de regalos y ganado, entonces los sirvientes le preguntaron al sirviente que estuvo presente en su recamara real, ¿qué había pasado? Y este dijo:

He visto un milagro, la rosa era la luna y el sabio el sol, juntos le dijeron a la princesa cuanto se complacían en su mirada, la cual los llenaba de orgullo, pues observaban a través de ella, el amor honesto y sincero de una princesa.

FIN

LA VACA FELIZ

HABÍA UNA VEZ, una vaca que estaba muy gorda, sus huesos eran muy grandes, sus cuernos eran de más de un metro de altura, sus ubres le pesaban mucho y un día que se encontraba muy cansada se dijo así misma:

Ayayayyy, he engordado mucho, antes yo era una vaquita muy delgadita, todos los toros venían a verme hasta mi casa, debo dejar de alimentarme tanto, mmmm pero es tan deliciosa esa paja que me da mi amo y esos trozos de sal que nos pone como postre me hacen disfrutar la vida, ya se, usare un bastón para no cansarme tanto.

Así lo hizo la vaca gordita, todos los días salía de su establo con un bastón en un brazo, mientras el amo se rascaba la cabeza junto a su esposa y se preguntaban ambos:

¿Habías visto una vaca que caminara con un bastón?

Y ellos mismos se sorprendían, pero después de que se acostumbraron a observarla, todos se ponían a trabajar en la granja. Entonces la vaca gordita ¡engordo aún más!, el bastón ya no le funcionaba para caminar, así que se dijo así misma:

Vaya, vaya, he subido unos kilitos de más en estos días, construiré una silla con una ruedas, así poder acudir a alimentarme al campo y reforzare con lo que me da el amo.

Al siguiente día la vaca gordita salió del establo en una silla de ruedas, y las reacciones no se hicieron esperar, el amo y su esposa quedaron sin palabras cuando la observaron salir impulsándose con su silla de ruedas y se preguntaban así mismos:

¿Habías visto una vaca que tuviera que usar una silla de ruedas?

Y ambos después de un tiempo de observarla hacer lo mismo se acostumbraron, así todos seguían trabajando en la granja, pero la vaca siguió comiendo y engordando más y más, hasta que un día:

¡Oh cielos!, las llantas de mi silla están rotas, oh creo que ahora tendré que, no esperen, eso ya lo intente, estoy confundida, no puedo perder la dignidad y arrastrarme hasta mi comida, pero, ¿Qué hare?

Entonces el amo entro en el establo y observo a la vaca muy angustiada, así que se acercó y le dijo:

Oye vaquita, eres mi mejor ejemplar, estoy muy orgulloso de ti, porque a diario haces lo imposible para ser feliz, yo mismo te traeré la comida hasta aquí, pero esta vez en pocas cantidades pues no quiero que te enfermes por comer tanto, si tú eres feliz toda la graja también lo es, porque nos contagias con tus locuras, no importa si estas gorda o delgada, lo que importa es que te sientas amada.

Y la vaca gordita guardo silencio, pero con su mirada le decía al amo que ella sentía sus palabras en su corazón, así que algunas semanas después, un día, la vaquita se levantó y cantando por la vida salió del establo, todos la observaron entonces y después de un rato de sorprenderse, también cantaron junto con la vaquita feliz.

FIN

MI AMIGO BONACHÓN

TENGO UN PEQUEÑO amigo que habita dentro de mí, unos lo llaman conciencia, otros espíritu, yo solo sé que es mi amigo incondicional, estoy por llamarlo de alguna forma, no puedo definirme, quisiera llamarlo hermano pero es más que ello, quisiera llamarlo corazón pero no late como uno, lo llamare mi amigo Bonachón.

Bonachón juega conmigo a diario, no importa que yo ya sea un adulto, simplemente lo llamo y el acude al momento, se preocupa por mi si no pruebo alimento, me habla cuando siente que me equivoco, Bonachón es mi amigo inseparable, ese ir y venir diario, no importando si es en medio de la lluvia o de un caluroso verano.

Tú también debes tener a un amigo como el mío, el cual siempre te acompañara a cualquier lugar, solo que a veces no lo sabes escuchar, si le pusieras atención te ayudaría a soñar, para el no hay imposibles, pues su naturaleza es magia, puede luchar contigo en medio de una batalla y ser tu fiel escudero o simplemente puede ser quien te dice lo que para ti no es bueno, porque se preocupa por ti como un hermano, porque sabe estar contigo siempre de la mano, tu cuerpo es su casa e ira contigo a donde tu vayas, él no le tiene miedo a la muerte, porque sabe que solo consiste en caminar hacia el paso siguiente.

Una vez me encontré con una tentación muy fuerte, unos amigos me ofrecieron una sustancia que yo no conocía y al intentar probarla, Bonachón me dijo: ¡No lo hagas!, no necesitas de eso para soñar despierto, tú puedes crear tu mundo especial en esta misma realidad, puedes ser feliz sin necesidad de probar lo que de ninguna forma te dará un beneficio, la vida es muy especial, aun cuando a veces sientes que no vale la pena respirar, yo soy tu amigo incondicional y si te digo que lo soy es porque no quiero para ti ningún mal, la gente que te ama te lo dirá, eres libre para correr impulsado por el viento, te invito a disfrutar la lluvia de un temporal, deja que las gotas acaricien tus mejillas, sentirás que Dios te habla y te dice que eres perfecto y especial, imagina la libertad, siéntela, vívela con más conciencia, pero no dejes que alguien te diga que es capaz de ayudarte a probar, por medio de alguna sustancia la felicidad, porque créeme amigo, que ser feliz, lo traes en tu más profunda espiritualidad.

Me quede pensando en sus palabras, ¡tienes razón le dije!, he sido feliz en otros tiempos y no ha habido sustancias raras de por medio, Bonachón, siempre estas a mi lado, en el día o en la oscuridad, secas mis lágrimas con gran alegría y por supuesto que compartes mis momentos de soledad, volveré contigo a jugar, ojala que muchos niños y hombres tuvieran la misma oportunidad, para saber que se puede salvar nuestra realidad, no más Guerras, no más vicios, no más muerte puede ser un sueño difícil de lograr, pero cuando sueño, soy capaz de crear un mundo sin maldad y cada vez que despierto, sé que algo ha cambiado en mi actuar, ahora disfruto el aire al respirar, paladeo lentamente el agua que tomo como profunda necesidad, valoro un abrazo como fuego que arde en la amistad, sabes, no se tienen amigos por casualidad, tu eres mi amigo más allá de la eternidad.

FIN

MI PEQUEÑO MILAGRO

TODOS SABEMOS QUE las Avestruces son grandes corredoras, pues sus patas han sido maravillosamente adaptadas por la naturaleza, para cumplir tal fin. Sucedió que un día, la familia Pluma Morada, esperaba con mucho amor a su primer bebe, con cámara de video en mano, el papá avestruz no se perdía de ningún detalle del rompimiento del cascaron del hermoso huevo, ¡Por fin se asomó un pequeño piquito!, y los gritos no se hicieron esperar: ¡Está naciendo mi pequeña!

Narrador: (si me preguntan ¿cómo sabían si iba a ser niño o niña?, no lo puedo contestar, simplemente se trata del instinto maternal)

Sucedió que el cascaron por fin se rompió, toda la familia se acercó a conocer a la pequeña avestruz, tíos, primos y abuelos acudieron con regalos, hasta donde se encontraba la nueva bebe, más de pronto, la mama avestruz tomo a la bebe con su pico para que se incorporara a dar sus primeros pasos, pero... el ambiente se tornó en un silencio inexplicable.

¡Jim, nuestra hija no ha nacido como una Avestruz normal!

No puede ser, no le pudo haber sucedido a nuestra familia, ¿Qué vamos a hacer con ella?, jamás podrá ser independiente y mucho menos podrá correr cuando haya peligro, no podremos protegerla todo el tiempo.

¡Lo mejor es que la sacrifiquen! (Dijo una voz a lo lejos, la cual nadie supo de dónde provenía, pues provenía de un cobarde)

Sin embargo, la mamá avestruz sabía en su corazón, que jamás abandonaría a su pequeña princesa y dijo:

Nadie me quitara a mí bebe, atrévanse a tocarle una sola pluma y no responderé por mis actos.

Mamá avestruz tomo a bien nombrar a la pequeña avestruz: "Milagro", pues había nacido sin sus piernitas, todos los pronósticos habidos y por haber decían que Milagro jamás sería feliz, todos sus parientes afirmaban que Milagro había sido más bien un castigo divino.

Milagro aprendió a hablar más pronto que muchos de sus primos, aprendió también a observar a la naturaleza desde el punto de vista espiritual, pues algo dentro de su pequeño corazón le decía que su vida tenía un propósito, así, poco a poco entendió que un árbol puede nacer con una rama torcida y lo que para algunos era un castigo, para ella significaba que esa rama no era todo el árbol, pues él mismo árbol seguía dando sabrosos frutos, aun después de tener una rama que muchos despreciaban.

Para ser transportada de un lugar a otro, Milagro tenía que subirse a la espalda de su mamá. Un día sucedió que toda la familia se vio rodeada por varios leones y leonas hambrientos, Milagro se encontraba en la espalda de su madre y a punto de comenzar el ataque, dijo:

¡No pueden comernos!

¿Por qué?, dijeron los leones.

Narrador: ¿Recuerdan lo de los pronósticos en contra?, pues también se sabe que los avestruces tienen un cerebro del tamaño de una nuez, lo cual quiere decir que se guían por el instinto para sobrevivir, pero a pesar de tal pronostico, Milagro había nacido con un cerebro de gran tamaño, capaz de poder entender muchas cosas, así como también para Dialogar con el corazón con otras especies animales.

Milagro dijo a los leones: ¡Nosotras somos más fuertes unidas!, tú primo Simón, tienes patas muy fuertes, colócate delante de tu abuela, tío Aldo, tienes un pico que golpea más que el de los demás, colócate debajo del primo Aldo...

Así, Milagro fue nombrando a cada uno de su familia según sus cualidades únicas, hasta que teniendo la confianza suficiente toda la familia, se arrojó la primera leona, pero... la leona fue derrotada por todos los miembros, Milagro dirigía cada defensa y nadie salió mordido o lastimado, mientras tanto, los demás leones y leonas no salían de su asombro y decían:

No es posible, esa pequeña avestruz hace que toda su familia se comporte como nosotros lo hacemos, pues trabajamos en equipo para cazar, han descubierto la regla de oro para sobrevivir ante cualquier adversidad, será mejor que nos retiremos a cazar otra especie.

Así, Milagro fue cargada por cada miembro de la familia, todos le decían que querían ser como ella, pues tenía la paciencia, la inteligencia, la honestidad, el dialogo, la responsabilidad, la lealtad y sobre todo el amor para salvar a su familia, poco tiempo después, Milagro fue llevada al cargo de Reina de las Avestruces, por su gran valor y compromiso.

Los ancianos dicen que Milagro fue una Reina ejemplar, pues llevo a las Avestruces, al encuentro con su destino especial.

FIN

MI PICHONAMIGO

UNA VEZ TUVE a un hermoso Pichón de mascota, sus colores eran blanco y gris, me gustaba mucho platicar con él, por la mañana le daba de comer un pedazo de pan y por las tardes un poco de tortilla, me soñaba junto a él, en muchas aventuras:

"¡Viene tras de mí, mi valiente Halcón!, ¡Ataca amigo!, ¡Destruye con tu pico de acero las puertas del castillo para rescatar a la princesa!"

Guuaauu, en verdad mi Pichón sabía actuar muy bien de Halcón, cuando extendía sus alas, era todo un ganador, una vez le pregunte:

¿Eres feliz conmigo amigo?

Y él respondió: Realmente si soy feliz contigo, aunque me gustaría mucho surcar los cielos libremente, ¿Me darías mi libertad?

¿Pero porque?, acabas de decirme que eres feliz a mi lado, ¿no entiendo porque te quieres ir amigo?, ¿Quién será mi amigo ahora?, ¿Con quién conquistare el mundo?

Me gusta mucho estar contigo, me divierto mucho a tu lado, eres mi mejor amigo, también te quiero mucho, pero debes entender que mi naturaleza no es estar encerrado en una jaula, nací para volar y ver las montañas desde lo alto, casi como un Halcón, pero con un corazón más noble, he pedido tanto al cielo que me escuches, siempre te agradeceré los bellos e inigualables momentos a tu lado, al igual que tu especial cuidado, pero nada deseo más que sentir el viento libre en mi pico.

Me dejas sin palabras amigo, te quiero tanto que no soporto la idea de que no estés a mi lado, sin embargo, no puedo ser un verdugo malvado.

Antes de dejarte partir, ¿Qué te parece si jugamos por última vez?

Capitán, la tripulación no cree que encontraremos el tesoro de los chocolates de oro, ya llevamos mucho tiempo navegando, los hombres tienen hambre y no hay provisiones, ¿Qué hacemos?, ¿Cuáles son sus órdenes?

¡Calla, hombre de poca fe!, mi corazón me dice que pronto encontraremos el tesoro perdido, me pedirán perdón cuando lo hagamos… ¿Vez algo mi querido amigo?, giren 30 grados al sur, mi Pichón dice que ha visto algo desde lo alto.

¡Ese Pichón nos ha traído directamente a la muerte, debemos derribarlo y comérnoslo! Pagaras por haber dicho eso marinero, mi Pichón jamás se equivoca, gracias a él, soy el Pirata más respetado de los siete mares, ¡pásenlo por la plancha!…

¡Alto!, ¡Ahí está la isla del tesoro de los chocolates de oro!, somos ricos y tendremos suficiente chocolate para comer el resto de nuestras vidas, jajaja, se los dije.

Bien, un trato es un trato, ha llegado la hora de despedirnos y decir adiós, se feliz amigo, siempre te recordare.

Gracias amigo, jamás olvidare la oportunidad que me has dado para encontrar mi destino, gracias.

Así despedí a mi mejor amigo, jamás lo volví a ver, pero sé que encontró lo que estaba buscando, pues aun en estos días vienen varios Pichones a mi patio y entre ellos oigo que dicen que su padre les conto de un humano que se convirtió en su mejor amigo, su leyenda corre como brisa que surca el tiempo, pues ambos corazones perpetuaran por siempre, aquellos maravillosos encuentros.

FIN

UN CACHORRO LLAMADO "VALOR"

HABÍA UNA VEZ un pequeño cachorro de León llamado Valor, Valor fue el único cachorro que su mama había tenido, así que era muy querido por todos sus tíos y abuelos, Valor estaba destinado a heredar el trono de su padre, pero había un problema: Valor era muy inseguro, los Leones de las demás familias se burlaban de él, porque entre sus muchos temores, se encontraba el miedo a la muerte, constantemente se acercaba a Mama y a Papa, diciéndoles que tenía miedo de perderlos, pues había muchos peligros en la selva y además había habido mucha cacería de animales últimamente.

¡Papa, tengo miedo de que mueras!

Hijo, no te nombramos como Valor porque lo hayas tenido cuando naciste, mira, en esta familia hace mucho que se perdió el significado del valor, tus tíos y tías van de cacería todos los días, cazan un venado, una cebra, o cualquier animal que se cruza en su camino, lo traen a su manada, pero jamás le dan el valor a la naturaleza por el alimento otorgado, no debes tener miedo a la muerte, pues es un proceso natural de esta vida.

Pero Papá, tu, eres el Rey de la selva, no debes morir jamás.

Si hijo, soy el Rey de la selva, pero también soy parte de esta naturaleza, ¿Observas aquella flor?

Si Papá, es muy hermosa.

Bueno, el día de mañana ya no estará ahí porque tiene que morir, pero hoy puedes hacer algo al respecto para que no muera en vano.

¿Qué puedo hacer Papá?

Puedes disfrutar su aroma, puedes disfrutar su belleza, contemplarla y hablarle todo el día, tal y como lo puedes hacer con tus padres, tus tíos o tus abuelos, pues no sabes si el día de mañana estarán aun contigo, debes entender que debes ser bueno con todos los que te rodean, pues depende también de cómo te comportes, así te recordaran los que se ausenten de tu vida.

"Hey mi amor, No tengas miedo de salir al sol, Alcanza las estrellas, No pienses en el mañana, Deja latir tu corazón"

¿Entonces, algún día te irás Papá?

Si hijo, algún día me iré, pero no debes preocuparte, no debes tener miedo a la muerte, más bien conviértela en tu aliada, gánale a llegar, disfruta el campo, siente el aire por tu pequeña melena, sube a aquel árbol, pero llegando a tu dormitorio, dite a ti mismo que has cumplido con la misión de ser feliz y solo así la muerte no te sorprenderá, como lo hace con aquellos a quienes esperan sentirse agonizantes, para decir: ¿Por qué no aproveche el tiempo y fui feliz?

Ahora disfrutare cada momento junto a ti Papá.

Así me gusta hijo, hoy has aprendido uno de los significados de tu nombre, pues entendiste el Valor de esta vida.

FIN

UN PACTO ANCESTRAL

En casa de la señora Cuya, era día de fiesta, pues festejaban el cumpleaños de su hija Tomy, Don Cuyo alzo la voz y dijo:

MMM, ¿podrían permitirme su atención por favor?, hoy es un día muy especial para todos los que queremos a Tomy, en especial para ella y para nosotros sus padres, quiero decirte hija, que siempre contaras con nosotros, sabes que te apoyaremos en tus decisiones por más difíciles que estas sean, como tú sabes, tu abuelo Cuyo, que era el Rey de estos túneles, en su última voluntad te nombro a ti, Princesa Cuya y ahora al cumplir tus doce meses, ha llegado el tiempo de que tomes protesta de tu cargo, sé que crees que eres pequeña, pero tu abuelo vio en ti algo muy especial desde que te observo por primera vez y el no dudo en darte tal nombramiento, me siento muy honrado de que mi hija se convierta en nuestra guía.

Papa, gracias por tus consejos, tal como tú lo dices me siento aún muy joven para tal responsabilidad, pero siendo leal a la Madriguera Cuya, acepto tal honor, claro, sé que contare con tus consejos.

Bravooo, ¡Que viva la Reina Cuya!

Así pasaron algunos meses… Su majestad, un mensajero de los túneles vecinos, dice que trae información importante para usted.

Que pase… Su majestad, soy un Cuyo viejo, yo conocí a su abuelo, él nos tenía gran aprecio a todos y cuando estuvimos en peligro, el no dudo en ayudarnos, así que he venido hasta aquí, para decirle que se rumora que los Conejos están a punto de atacarnos, incluso a usted su majestad, vine a prevenirlos antes de que nos ataquen.

Los conejos y los Cuyos, somos primos lejanos, jamás hemos tenido problemas con ellos.

Lo sé su majestad, pero al parecer ellos también eligieron a un Rey joven y el cree que es necesario conquistar madrigueras para que le rindamos tributo.

Eso es imposible, todos somos ciudadanos libres, no dejaremos que eso suceda, pronto, llamen a la guardia real, necesitamos organizarnos.

Primero enviaremos a un mediador para que intervenga y nos diga cuáles son sus condiciones para evitar una guerra.

Envíenlo ahora… Así pasaron dos días, por fin regreso el mensajero y le dijo a la Reina Cuya:

Su majestad, he hablado con el Rey Conejo y le manda decir que si no queremos ser invadidos por ellos, de ahora en adelante deberemos darles diez kilos de lechuga fresca diaria, así como también estaremos a su servicio el resto de nuestra vida.

Entonces regresa y dile que accederemos a su petición, es mi deber evitar derramamiento de sangre de mis hermanos.

Como usted ordene su majestad.

Hija, sé que quieres evitar que suframos y mucho más que alguien pierda la vida, pero tienes que saber que a veces es necesario luchar, aun a costa de saber que se perderán vidas.

Jamás lo haré papa, no sacrificare a mi pueblo en una lucha que de seguro perderemos, los Cuyos somos más pequeños, no somos tan ágiles para correr como ellos y sobre todo no tenemos tanta fuerza, estaríamos condenados a morir, no solo morirían pocos, tal vez moriríamos todos.

Lo se hija, pero aun así debemos intentarlo, no podemos resignarnos a perder sin haber luchado, somos todo lo que has dicho, pero se te olvido decir que los Cuyos, sabemos trabajar en equipo, no tengas miedo, observa a cada uno de nosotros y observaras que tenemos algo especial que te será de gran utilidad, si aun así sigues creyendo que perderemos, entonces te aseguro que te seguiremos a donde tu vayas.

Gracias papa…
La Reina Cuya, se ausento a su túnel real y pensó y pensó, hasta que le dolió la cabeza, sus patas se entumieron de tanto caminar en círculos, y en un momento de desesperación por fin le llego una idea a su cabeza.

No es justo que mi pueblo trabaje para otro pueblo, no puedo condenarlo a morir esclavizado. Soldado llama a los excavadores más expertos, diles que necesito hablar con ellos a la brevedad.

En el momento su majestad.

Aquí estamos su majestad, ¿Qué necesita?

Necesito que uno de ustedes calcule la trayectoria de nuestros túneles, hasta donde se encuentran los de los conejos, después de saber eso, trabajen inmediatamente en un túnel que nos conduzca hasta la cueva del Rey Conejo, me parece tenemos una posibilidad de ganar esta absurda guerra.

¡Su majestad, llegan reportes de que los conejos nos atacaran mañana!

Pronto llamen a los excavadores, quiero que me den un reporte de trabajo.

Su majestad, en doce horas llegaremos hasta la cueva del Rey Conejo.

No es suficiente, llamen a todos los cuyos disponibles, todos excavaremos para poder actuar lo más rápido posible.

Así, bajo la orden de la Reina Cuya, todos se dirigieron al nuevo túnel, de pronto uno de los excavadores dijo: Su majestad, una mordida más y estaremos del otro lado, ¿Cuáles son sus órdenes?

Dos guardias entraran y bloquearan la entrada de su cueva, mientras tanto yo dialogare con él, sigan en todo momento mis instrucciones, no tengan miedo, yo los protegeré.

Como usted ordene su Majestad.

BRBRBRBBRRR ¿Qué sucede?, ¿Quiénes son ustedes?, ¡Guardias!, ¡Auxilio!

Según tengo entendido usted es el Rey de los Conejos, ¿no es así?

Si yo soy el Rey Antonio, ¿tú quién eres?

Soy Tomy y soy Reina de los Cuyos, hemos venido hasta aquí, para pedirle que cese el intento de atacarnos.

¿Y porque he de hacer eso yo?, ¿Crees que eres más fuerte que yo?

Los Cuyos llevamos más tiempo en estas tierras, que ustedes los conejos, tenemos derecho de antigüedad, no queremos problemas con nadie, hemos sido una sociedad pacifica desde que el abuelo de mi abuelo, nos trajo a vivir aquí, así que si nos dejas en paz, todos podremos vivir tranquilos.

Jajaja, ¿Tú me amenazas?, ¿Tu miserable rata?

No necesito que me hables de tal forma, ambos somos Monarcas y podemos arreglar esto sin insultos.

Cállate, tu intromisión causara un gran dolor en tu pueblo, tu osadía tendrá graves consecuencias desde ahora, me parece que ahora mismo te asesinare. ¡Guardias!

De pronto Varios conejos intentaron entrar en la cueva, se encontraron entonces con los guardias cuyos y los intentaron asesinar, pero la Reina dijo:

¡Alto!, escucha Rey Conejo, por última vez te pido que nos dejes en paz.

La Reina Cuya, tenía un truco bajo su manga, se dirigió lentamente hacia el Rey Conejo y se lanzó sobre su cuello…

¿Qué estás haciendo? Sabes Rey Conejo, nosotros somos primos de ustedes los conejos, pero también de las ratas, y estoy segura que sabes que también podemos contagiar la rabia, una vez que yo apriete mi filoso diente en tu cuello y te provoque una herida, no habrá marcha atrás, te transmitiré la enfermedad y morirás en pocos días, pero no te iras solo, toda tu raza perecerá, porque contagiaras a todos en menos de tres días, desde los pequeños conejos, hasta el último anciano de tu madriguera.

Guardias, suéltenlos, está bien Reina Cuya, dialogaremos entonces, pero una vez que me sueltes de cualquier forma te obligare a que me rindas tributo de la más fresca lechuga a diario, por el resto de sus días.

Sabía que dirías eso rey Conejo, por eso te diré que si yo muero hoy, tu raza también lo hará paulatinamente, pues he dado órdenes de que cada lechuga que se entregue, será mordida y uno por uno morirán de rabia, todos los conejos. ¿Así que podemos llegar a un acuerdo?

¡No perderé la guerra con una especie más baja que la nuestra!, prefiero que me asesines ahora mismo.

No necesitas morir Rey Conejo, podemos vivir ambas razas en comunión, si no podemos ser amigos, si podremos respetarnos en el futuro, ¿Qué opinas?

No lo haré…

Que terco eres Conejo, me obligas a dar mi segunda orden: Cavadores, ahora mismo destruyan las columnas que mantienen en pie a esta serie de túneles, prefiero dejar a los conejos sin hogar, a asesinarlos tal como ustedes quieren hacerlo con nosotros, Conejo, sabes que nuestros dientes son más potentes que los de ustedes, así que en pocos minutos su casa estará destruida.

¡Pronto huyamos Conejos!

Está bien, has ganado Cuya, eres joven, pero sabes dialogar con hechos, te diré la razón del porque intentamos hacerles daño. Hace poco tiempo asumí el Reino que ahora observas, mi padre fue un Gobernante muy respetable, pero desde que el murió, mi Reino ha pasado por una terrible hambruna, la falta de lluvia ha dejado secos nuestros campos, no podemos cosechar y estamos desesperados porque no tenemos alimento, no puedo seguir pensando en invadir otras tierras, si tú nos quitas lo único que nos queda, que es nuestro hogar, ustedes los Cuyos saben cómo cultivar mejor sus lechugas, nunca les falta alimento en cualquier época del año, por eso quisimos conquistarlos y hacer que nos dieran alimento con muerte y amenazas.

No somos muy diferentes Conejo, hace algún tiempo el abuelo de mi padre, paso por la misma situación de desesperación y sequía, pero el en lugar de invadir otras tierras, mando llamar a los excavadores más expertos de la región, mi ancestro creía que en algún lugar de la tierra estaba la solución, así que después de varios túneles cavados, encontraron un río subterráneo, el cual ha sido el secreto para que en todas las épocas del año tengamos seguro nuestro alimento, ¿Qué te parece Conejo?, no dejare que imagines que puedes amenazarnos otra vez con conquistarnos para que me obligues a darte agua, porque nadie sabe la ubicación de tal manantial, solo yo y dos Cuyos más, si tú y tus conejos intentan hacernos daño, jamás obtendrás beneficios, pues el túnel que conduce al río, esta celosamente oculto y cualquiera que intente entrar en él, quedara sepultado de por vida, así que ¿Qué te parece si llegamos a un acuerdo?

¿Cuál es ese acuerdo?

De ahora en adelante, los Cuyos y los Conejos serán hermanos, yo te daré agua a cambio de que esta paz perdure para siempre.

¡Acepto Reina Cuya!

"Este pacto entre ambas razas quedo sellado con unión y amistad desde hace mucho tiempo, y es el motivo por el cual ahora los Cuyos y los Conejos pueden vivir en armonía, tanto, que muchos Conejos y Cuyos de nuestros días, comparten lechuga y agua como hermanos, sin saber que alguna vez, fueron enemigos".

FIN

UNA LECCIÓN PARA DOS GATITOS

Había una vez, dos gatitos que eran hermanitos, uno tenía siete años y el otro diez, uno se llamaba Rotciv y el otro Rotceh:

Viviendo en el mismo hogar, después de la escuela ellos jugaban toda la tarde, ambos compartían sus sueños y alegrías pero a veces el ambiente se tornaba algo tenso, pues los juegos se salían de control y terminaban arañándose y mordiéndose fuertemente.

El pequeño Rotciv se quejaba porque Rotceh al ser el mayor siempre era al que le tocaban los mejores regalos y el mejor trato, y decía:

A Rotceh siempre le toca lo mejor y a mí siempre me dejan al final, no es justo.

Rotceh desde muy pequeño había demostrado ser un gatito muy confiable, pero eso no quería decir que sus Papás tenían preferencia hacia él, no, no, no. Papá gato siempre se dirigía a ambos de diferente forma, pero con el mismo amor, por ejemplo, a Rotceh le decía:

Rotceh, al ser tú el gatito mayor tienes la responsabilidad al igual que yo, de darle un buen ejemplo a tu hermano, cuando Mamá y Papá nos ausentamos para salir a cazar, tu eres quien dirige el hogar, hasta ahora lo has hecho muy bien y nos llena de orgullo saber que tu hermano estaría en buenas manos si nosotros les faltáramos, porque ustedes dos, son la única familia que tendrán algún día, por eso deben amarse por sobre cualquier problema, tal y como sus padres los aman.

Y a Rotciv le decía: Rotciv, eres el más pequeño de mis gatitos, aun eres pequeño para entender muchas cosas, debes saber que siempre podrás contar con tu familia, aquí es el lugar en el que siempre puedes ser y decir lo que pienses sin temor a que nadie te juzgue, debes entender que en cualquier lugar siempre habrá reglas para que las cosas funcionen, mucho más en un hogar en el que dependemos del uno del otro al cien por ciento.

Por momentos creerás que tu hermano Rotceh tendrá las mejores cosas o el mejor trato, pero conforme crezcas y madures, entenderás que a mayor edad tendrás mayores responsabilidades, ahora tu deber es aprender a cruzar la calle, ser un gatito ordenado, hacer tu tarea, cepillarte tus dientitos y jugar cuantas veces quieras, disfruta conforme tienes a tu alcance todo un mundo de posibilidades incluida tu imaginación, pero nunca olvides que tu hermano es la persona más cercana que tendrás siempre, porque la palabra hermano significa amigo y amigo significa hermano.

Sucedió que un día, Papá gato tuvo que ir por Rotciv a la escuela, pero no lo dejaron pasar hasta su salón, entonces después de un rato, observo venir a sus dos gatitos caminando hacia él, pero se sorprendió porque Rotceh lo estaba entregando, un poco asombrado, Papá gato le pregunto a Rotceh:

¿Alguien te dijo que tenías que acompañar a tu hermano hasta la puerta de la escuela?

No Papá, lo hice porque no quería que Rotciv se fuera a ir con un extraño, así después de que me asegure de que tú te lo llevabas, me quede tranquilo. Dijo Rotceh.

A Papá gato se le rodaron sus lágrimas, no pudo contenerse más delante de su pequeño y le dijo:

Me arrodillo ante ti Rotceh, porque es de sabios reconocer la grandeza, eres un gatito muy especial, confiable y responsable en medio de la oscuridad, considera a tu Padre, el principal admirador de tu grandeza, me alegra que cuides muy bien a tu pequeño hermano.

Papá gato continuaba hablándoles a cada uno, a veces Rotciv y Rotceh volvían a discutir y a pelear, pero cada palabra que Papá gato les decía, se quedaba guardado en sus pequeños corazones, pues cuando se habla con amor, las palabras se transforman en abrazos para el espíritu…

FIN

UNA RANA CON GUITARRA

HABÍA UNA VEZ una Rana que cantaba acompañada de su guitarra, ella era muy feliz tocando y bailando en muchas fiestas, era muy solicitada en la alta sociedad, pues su carisma llenaba de entusiasmo a todos. Un buen día, nuestra amiga Rana, que por nombre se llama Mariana, se encontró muy agotada de tanto trabajar, el esfuerzo diario la tenía sin fuerzas para tocar o cantar una vez más, así que se dijo así misma:

"Merezco un día de descanso, pues llevo trabajando todo el año sin parar"

Así al siguiente día muy temprano se presentó el Señor Sapo en su casa y toco la puerta con arrogancia y presunción y dijo:

"Señorita Rana, sus servicios son requeridos en mi hogar, pues mi hija se va a casar hoy, sabe, yo no estoy muy convencido de que usted lo haga pues considero que sus servicios no están catalogados adecuados para debutar en nuestro nivel, pero mi hija insiste mucho y pues, no puedo negarle algo a ella".

Disculpe usted señor Sapo, lamento mucho informarle que he decidido tomarme un descanso indefinido, lamento no ser de su agrado, mis padres y amigos me han enseñado que todos valemos por nuestras acciones y sentimientos, espero que con mi respuesta, ambos quedemos satisfechos.

Mmm, no fue mi intención ofenderla señorita, solo quise ser sincero, pues nuestro círculo de amistades es muy limitado.

Bueno señor Sapo, no quiero ser grosera, necesito descansar.

Disculpe mi insistencia señorita Rana, pues no puedo obtener un No como respuesta, es mi deseo como padre de la novia, el cumplir su voluntad, es mi única hija y quisiera hacerle este obsequio de bodas.

Señor Sapo, no insista por favor…

No entiendo como alguien tan feliz tiene que descansar, si usted deja de hacer lo que sabe hacer mejor que nadie, entonces no solo se convertirá un recuerdo, sino que también quedara obsoleta, para usted la felicidad está al alcance de una guitarra, pero para otros como yo, solo somos felices sabiendo que tenemos dinero en nuestro bolsillo y si no lo hay, entonces sentimos que no valemos nada.

¿Por qué me dice esto, señor Sapo?

Jo, Jo, Jo, Hija, te lo digo porque no hay nadie en este estanque y sus alrededores que no quiera que estés en su fiesta, pues ya se ha vuelto una costumbre de buena suerte y se dice que si no cantas y bailas, entonces el o los anfitriones de la fiesta tendrán mala suerte por siempre, significa mucho para mi hija que estés presente en su boda, pues le augurarías una hermosa felicidad, piénselo señorita, recibirá una muy buena paga.

Está bien, señor Sapo, lo pensare.

"La lalala, la vida es muy bonita, tal como me dijo mi abuelita, todo es maravilloso, pero cuídate de no caer en un pozo, mis patas bailan si cesaaar, porque no puedo hacerlas paraaar"

"Aquí me tienen, cantando y bailando, soy Mariana, la que a todos trae encanto"

"De chiquita, me dijo mi abuelita, toma en cuenta, que ya estas grandecita"

"Si quieres bailar, por mí no hay problema, pero deberás ser siempre, el alma de las fiestas"

"Me gusta cantar las coplas, lo mismo me da un vals, que un tango, o una polka"

De pronto se escucharon muchas voces en el estanque cercano a su casa y con cierta curiosidad, Mariana salió a investigar.

¿Qué sucede aquí?

De pronto el Saltamontes dijo: Todos estamos muy tristes por la noticia, pues sabemos que ya no cantaras ni bailaras en nuestras fiestas, lo cual nos tiene también preocupados.

¿Pero, significo tanto para ustedes?

Y contesto el Mosquito: Más de lo que te imaginas Mariana, sin ti las fiestas no se llamarían fiestas, entendemos que necesites descanso, pero nuestros aplausos son tu energía y hoy hemos venido a aplaudirte.

Así que Mariana, la Rana, decidió dejar de descansar y continuar su vida de fama y alegría, sabiendo que para todos en el estanque, ella era la Rana más valorada y felicitada por su alegría desbordante.

FIN